# 第三只眼看漓江（代序）

沈东子

我虽然不在桂林出生，但自幼生活在象山边上，视漓江为我的生命河，有关桂林的点点滴滴，我都会留意，总是希望给人留下美好印象，沈伟东的新著《漓江边》，自然引起我的注意，很想看看作为一位外省人，伟东眼中的桂林会是什么模样。我是很在意外省人的看法的，遇到外省朋友来访，总会问问他们的感受，朋友们出于善意，通常会称赞桂林空气清新，山水秀丽，羡慕在这样的环境里生活，宛如神仙下凡。

这样的赞誉，多少受古人的影响，毕竟关于桂林的美好诗句，比如“江作轻罗带，山如碧玉簪”（唐·韩愈），“千峰环野立，一水抱城流”（宋·刘克庄），等等，已成千古绝唱。清代才子袁枚描摹得更仔细，“大抵桂林之山，多穴，多窍，多耸拔，多剑穿虫齿。前无来龙，后无去踪，突然而起，戛然而止”。如此生动的描写，早已深入人心，成为描写桂林山水的范文。

为山水倾倒的，除了外省人，还有外国人。1941年春，正是抗战最艰难的时段，海明威来华采访，去重庆的路上经过桂林。他这样描写自己的眼中所见："成千上万的微缩小山，在原野上列队，都仅有三百英尺高，我们都以为中国画上的风景，是想象出来的，其实不然，完全是桂林山水的翻版。这里还有一座很有名的岩洞，现在用来做防空洞，可容纳三万人。"海明威说的防空洞，应该是七星岩。

有很长一段时期，我写桂林也不能免俗，哪怕写小说，人物也总是在青山绿水间穿梭，以至于太太说，有段时间我的文字甜得发腻，写来写去，无非是一男一女一条河——也即男女主人在漓江边谈情说爱而已，轻灵的同时也显得轻飘，缺少创造性，实在是有负于这片风景的滋养，这都是对桂林山水过分溺爱的结果。一个姑娘长得漂亮，老是说她漂亮，不仅没意思，还有些浅薄。

古人所谓寄情于山水，大抵也只是把山水当作寄托对象，至于山间水边的草根，则无暇去怜惜，而沈伟东不一样，伟东笔下的桂林朴实而接地气，他关注的是南酸枣黄皮果，还有如南酸枣黄皮果一样鲜活生动的普通桂林人，仅就这一点而言，他已经拉开了与前辈诸公的距离，尽管前辈的文字或许更精炼，意境更优雅。

其中原因，固然是因为作者由外省而来，已定居多年，如作者所说："我一直觉得有两个桂林，一个是游客的桂林，一个是桂林市民的桂林。我写的是桂林市民的桂林。"但这仅是作者的谦辞，光做桂林市民是不够的，还要有眼光和心怀，触到常人忽略的城市脉动。作者显然已经把自身融入这块土地，将灵

“广西文化名家暨‘四个一批’人才”文丛

# 漓江边

LIJIANG BIAN

沈伟东／著

漓江出版社

图书在版编目（C I P）数据

漓江边 / 沈伟东著 .
—桂林：漓江出版社 ,2017.6（2023.3 重印）
（“广西文化名家暨‘四个一批’人才”文丛）
ISBN 978-7-5407-6722-8
Ⅰ . ①漓… Ⅱ . ①沈… Ⅲ . ①散文集－中国－当代 Ⅳ . ① I267
中国版本图书馆 CIP 数据核字 (2017) 第 058260 号

LIJIANG BIAN
# 漓江边

沈伟东 / 著

出 版 人　刘迪才
丛书策划　张　谦
责任编辑　谢青芸
书籍设计　石绍康

出版发行　漓江出版社有限公司
社　　址　广西桂林市南环路 22 号
邮　　编　541002
发行电话　010-65699511　0773-2583322
传　　真　010-85891290　0773-2582200
邮购热线　0773-2582200
电子信箱　ljcbs@163.com
微信公众号　lijiangpress

印　制　三河市天润建兴印刷有限公司
　　　　[三河市泃阳镇中门庄村　邮编：065299]
开　本　880mm × 1230mm　1/32
印　张　5.75
字　数　120 千字
版　次　2017 年 6 月第 1 版
印　次　2023 年 3 月第 3 次印刷
书　号　ISBN 978-7-5407-6722-8
定　价　38.00 元

漓江版图书：版权所有，侵权必究
漓江版图书：如有印装问题，可随时与工厂调换魂交付给山川河流，眼里不再是游人的猎奇，而是对一草一树的关爱，对普天苍生的悲悯。

以《黄皮果》一文为例。作者买了把黄皮果，跟修车师傅一起吃。“黄皮果是岭南乡间的寻常水果，农家门前场院里常种上几棵，和很多亚热带乔木一样，黄皮果树亭亭如盖，绿叶纷披，树冠油绿。乡村七八月间，常见老人孩子坐在老黄皮果树下乘凉，顺手摘几颗果吃，也是暑热的天气里难得的悠闲时光。”

这样的描写看似平常，可里面是有故事的，作者接着开始讲述修车师傅的日常烦恼，女儿都供上大学了，可毕业后没工作，作者推荐师傅开一家小店，专做黄皮果生意，可以卖黄皮果茶、黄皮果酒、黄皮果酱等等。伟东就用这样的方式，将黄皮果的故事与修车师傅的境遇糅合在一起，寓巨大的同情于平实的叙述中。

我对黄皮果是很有好感的，不仅是酸甜可口，还因为这小果子与我太太的外婆有关。我管太太的外婆也叫外婆，抗战时期外婆二十多岁，由浙江逃难到桂林，生了一场大病，缺医少药的日子里，就靠不停吃黄皮果，竟然痊愈了。这多少也印证了伟东在文章里说的，“黄皮果食药两用，叶子、果实和种子都能入药，消食养胃、理气健脾、行气止痛……”外婆把黄皮果称为救命果。

伟东的散文集取名《漓江边》，大概在本地人看来，这书名平淡无奇，但是我能感觉出作者的用心，同样面对“漓江边”几个字，外省人和本地人的感受是不一样的，就如同桂林人看见西湖边或黄河边，心中会升腾起别样的情怀，或者温婉或者豪迈。我想伟东写下这三个字，内心应当是温婉的。

我一直居住在漓江边，小时候在象山以北，漓江与杉湖之间的堤上，那地方现已成为公园，如今在象山南边的安新洲，距离那条河不足一百米，熟悉漓江边的变迁。安新洲原来是个村落，江边草木繁茂，遍地卵石，村民习惯于捕鱼捉虾，家家户户都有船，五六月份划龙舟，自有一番喧嚣与热闹。

刚迁居过来时，江边保留着原生态，连石栏杆都没有，后来迁进来的新住户渐渐增多，多半是周围各县镇的居民，不知不觉间，河滩上出现了许多菜地，大概县镇居民比较擅长做农活，看不惯江边的荒凉，一垄垄圈起来，便有了蜿蜒的田埂。每当细雨过后，眼前就是一片翠绿葱茏，偶尔还可以听见旁人议论，哪片莴苣或豆苗可以摘了。

外省人当然愿意看见荒草与鹅卵石，那是风景；本地人则更喜欢菜地与瓜棚，这是生活。伟东把风景与生活融合在一起，给漓江增添了鲜活的记忆，风景里有生动的人物穿插其间，生活中不乏美丽景色做背景铺垫，这是观察漓江的第三只眼。如果说漓江有前世今生，史学家注重的是前世，老百姓关心的是今生，沈伟东的散文则是连接前世与今生的黑白织锦，他用绵密的笔触将历史与现实串联起来。

沈伟东散文的特色不是磅礴气势，也不是雅，是平和，透着某种对古意的追寻，对命运的敬畏，这也是其作品有别于一般山水散文之处。他写藿香、艾叶，加入了研修中药的心得，作者专门学习过中医，大概曾有过悬壶济世普度众生的梦想；

写卤菜粉、旧书摊，画面平凡而简洁；写莫雅平、樊老师，则充满了对师友同道的款款深情。

他的散文极少纯粹状物，几乎每篇都描写人物。我在桂林生活的时间，比伟东要长，可说来惭愧，若论对寻常百姓的关注，对这片产生过梁漱溟、白先勇土地的熟悉程度，他远远超过我。他的作品已构成一幅漓江市井图。

我一贯认为散文随笔的最高境界，是与苍天对话，于细微处参悟人生。人生说渺小，也就一粒黑点在阳光下行走，说宽广，也有无穷的天地等候灵魂去遨游。读沈伟东散文，跟随他的笔触，或行走或遨游，往往不经意间有意外的惊喜，是一种慢节奏的享受。现代社会有一种错觉，以为节奏越快，文明程度越高，殊不知在看似平静的生活中，也藏着智慧与胸怀，这就是许多作家愿意寓居小城市的原因。

我与作者同姓，姓与名相加也仅一字之差，伟东是浙江人，后入陕西，而我虽然祖籍浙江，据说祖上是由陕西汉阴迁居过去，两人是不是有亲缘，也未曾问过，不过这并不重要，能在漓江边相识，并对这条河一往情深，才是最大的缘分。伟东新著即出，在此表示祝贺，并期待更多更好的作品问世。

# 目　录

# 六合路

六合路圩日确切是哪一天，我并不是很清楚。东环路花鸟市场里有人卖桂林及周边乡镇圩日的地图，比如草坪圩、九屋圩、海洋圩，都有详细的日历标注。这圩日地图读起来，算算农历和节气，感受季节变换，想必是件有意思的事情。

一般到了周六、周日，六合路圩就热闹起来。

人流涌动，山崖下，灵剑溪边，各行各业搭起简易的塑料棚：水边摆字牌摊的、树下设剃头担子的、靠山崖摆卦摊的，最多的是草医摊和旧书摊。字牌摊里老人多，远远望过去，是一颗颗晃动着的花白的、光亮的、苍老的头。喝着圩里就能买到的便宜野茶叶泡的茶，吃一碗米粉或几块蕨粑，老人们能在这里消磨一整天。临近六合菜市场有一座宽大的平房，里面摆着一排排长条凳，门上的绿漆已经斑驳灰暗，墙上白灰也已经有些许脱落，周日有人在这里唱桂剧和彩调。墙上的黑板用白粉笔写着下午一点半上演的戏目。门票一元五角。开演时，从斑驳的蓝漆木窗看进去，简单化妆的演员在咿咿呀呀，抬手动脚。

闲时，我骑车从师大杂志社对面的朝阳西路沿着普陀山后山脚往六合圩骑行。这是条幽僻的小路，杂树丛生。山阴风凉，天光收敛。骑着骑着，好像穿过时光隧道，骑回七八十年前，骑进幽暗灰蓝的老胶片里。那是理想与现实、正义与邪恶交错，精神昂扬而又欲望诡异的时代。沿着山脚，从跑马场的小路过去，我经过白鹏飞荒凉的坟墓。青砖围起来小小的墓园，里面有几个人吆五喝六乘凉打牌。墓前卧一只幼小的土狗，毛色黄灰，一脸天真的表情盯着你看。它的一条前腿截去了大半截，缩着。

再往前骑行，转过山崖就看到灵剑溪旁边嵌在山中的祝圣寺的红墙了。墙内有念佛声隐约传来。墙根照例有三四处卦摊。时而有黄袍僧人迎面走过，头发剔掉留着青黑的发根，匆匆忙忙的样子。我把车靠在身边，沿着山崖边一路旧书摊看旧书。

有个周日，我骑车骑到山崖下溪口桥头的剃头摊。剃头摊在枝叶茂盛的大樟树下。花了四块钱，我剃了个光头，一堆头发碎屑飘落在树影晃动的夕照里。剃头摊旁边的山崖上，刻着六个巨大的字："静江府大都督"。

从挂在树枝上的斑驳镜子里，我看到有点儿陌生的自己，胡诌出几句顺口溜：

攒动古寺红墙下，
潮涌春雷牌桌旁。
郎中草药新炮制，
凉棚炉沸大碗茶。

祝圣寺下的灵剑溪两岸，香樟倒映，油菜花黄。一抬头，山崖壁立数十丈，有鹰枭在天空盘旋，发出一两声鸣叫；山崖之间，一树树细碎白花，缕缕花香随着春意涌动。

不经意间走到这里，好像时光倒流到很多年前——外地朋友来桂林，要真正感受乡土的老桂林，应该来这里。在这里你可以用很少的钱吃到正宗的桂林糊辣、灰水粽、艾叶粑、担子米粉，喝到瑶家新焙的野茶；不同的时令，还可以看到桂北的各种草药，一路铺开；听卖草药的人讲讲雷公藤、隔山香、半支莲、鱼腥草；可以随便坐在破旧的小凳上，花几块钱让草医给你拔罐刮痧。

这样的景致在桂林也算平常。不平常的是这样景致下的生态群落：村民、市民、僧侣各色人等乐在其中，小吃食铺、草医摊点、茶棚牌档拥挤其间——数十米之隔，与建干路的都市繁华恍若隔了半个多世纪。

2014年4月2日

# 古　东

“古东”这个名词初听起来令人错愕。“古”和“东”的组合，有点儿悠远，也有点儿幽怨的意味。不知道这样的名字是怎么来的。类似的还有离古东不远的一个地名“诗家湾”，漓江边的一个小村落。

从我家门口搭灵川县的乡村中巴，一路往东，经过大圩古镇，沿着乡村公路再向东南，半个多小时就到古东了。车费现在大约是八块钱。这一段车程是令人愉快的。过了大圩古镇，公路右下是临着山崖的幽蓝的漓江，左边是农家田舍，是葡萄园和柑橘园——辽阔的田园东边是一痕起伏的山影。靠近漓江江岸的公路边，一簇簇凤尾竹，沿着漓江连成一条竹丛组成的绿色的墙。粗大的竹枝伸到公路上，枝叶扫着中巴顶，哗哗地响。

到了一个岔路口，往东一条乡村土路，路基下是青石板砌成的水渠。有水的时候，水渠活泼而灵动。高大的老树就在渠边，一棵一棵在微风中呼应着，落叶飘到清潾潾的渠水里。偶尔可以看见水牛在树下疏懒地卧着晒太阳。

如果搭的是去草坪冠岩的中巴车，到这里就要下来走路进古东。

一进入古东瀑布景区，颇有幽凉的感觉。进入侗族村寨风格的大门，看见蓄着一湾水，水里漂摇着竹排。塘水临崖。岩崖被千万年前的地壳运动挤压成一层层的拱形，上面生长着叫不出名字的碎花细草。

在古东，一个人独自穿行海芋丛中，浓绿的宁静包围着我。宁静得能听得到草丛里流动的水声，细流在石桥下汇成小溪，溪水里成群的小鱼在阳光里穿梭，时聚时散。一汪清凉的水，是小鱼飞翔的天空。鱼群好像是一个整体，由小生命组成一个大生命体，在浮空般的水中阳光里舞动。

循着青石板路往山上走，水流声大起来，看到瀑布了。这里的水是山泉水，从岩石缝隙里汩汩涌出。一路看见深潭里幽蓝的水，看见飞瀑溅起的雪花般银白的水，看见宽大的海芋上滚动的纯净的绿色的水……水使古东有了灵动的味道。

古东的植物群落让四季有了变幻的色彩，让空气有了质感。春天，山间浮动着薄荷的清润气息，如漫山攀缘的藤蔓，让人牵绊着。不经意间踩过一片嫩绿的草地，草丛里有刚破壳而出的灰蛇羞涩地爬过。夏天，溪流边有藿香豁达的气息。茁壮的阴香，把人带到一个悠远的地方，那里有甲壳虫试探着行军。深秋，枫林间流溢爽朗干燥的味道，一条碗口粗的老藤从石缝里钻出来，攀过一棵枫树，又绕在黑壳楠上。藤和树的叶子混在一起。黑壳楠下的蚂蚁洞，蚂蚁们来来往往，不知道纷扰了多少时光。即使到了秋天，空气依然润泽。浆果、红叶的味道，好像打开一瓶自酿的带有乡野气息的红酒。我没有去过冬季的古东，不知道是什么味道。据说古东旁边开发的度假公寓、别墅下有温泉，冬天的夜晚可以泡在温泉里仰面数星星。

古东冬天的气息清冽应如冷泉，如冬天纯净的星空。

古东的阳光在漫山攀缘的植物上。春日阳光是温煦的绿色，走在溪流里，光片在溪流里飞来飞去，犹如活泼的儿童在林间奔跑。夏日，光线穿过摇曳的树冠，化成浓厚的青绿色痛快淋漓地泼在山间，像健硕的壮年，披荆斩棘，留下厚实的背影。秋日，温和的阳光在黄栌、枫香的叶片上翻飞。我想做一个老和尚漫步在枫林小道上，和叔本华聊天，洞穿生命的真相——可是，真相洞穿了，生命还是现在的生命吗？我宁愿什么都不想，只在这样若有若无的阳光里，看红叶随风飘散。

我去的时候住在四楼公寓。清晨，面山的房间，可以见到乳白色的一抹流云飘过，清凉的天空如一汪幽蓝的湖水；傍晚，西向的房间，可以看到窗外漓江边如水墨画般的山峦，夕阳慢慢地滑落山峦。群星渐次闪亮。

古东的悠闲，还在村头那棵荫蔽半亩地的老树下。在斑驳的标语“农业学大寨”的残破短墙下，坐在榆木小椅子上，读夏达的漫画《游园惊梦》。我想象我就是那个漫步秋林的老和尚，老得懒得动了，就坐在这里晒太阳。夏达漫画里的柳梦梅、杜丽娘是老和尚破旧袈裟兜起的一段阳光，里面浮动着凌乱的梦影。

2014年4月8日

# 雷公使

初春，周末，一家人行走在漓江东岸的田埂上。

还未春播，田野里，各种野生植物自由生长。茁壮齐整的荠菜，披头散发的野葱，谦恭含蓄的蕨菜，贴地初生的绿茵陈……山边田间，我们提着布袋，蹲下搜寻，满眼绿色。蝴蝶山麓杂树丛生，山腰云雾缭绕。往北看去，可以看到古东村的三四棵老樟树，几缕淡淡的炊烟。

前一夜下了一宿的雨，清晨地气蒸腾，嫩绿的色彩似乎漫过大地。

儿子扒着枯草喊："这里有木耳！"我走过去看，草丛下卧着一团团青黄的有点儿像木耳的东西，半透明如果冻，似乎吹弹可破，一团团一簇簇，散落在乱草里。

这东西我在菜市场见到有农民在三四月间挑着卖，被称作"雷公屎"。

儿子听到"雷公屎"的名字，乐不可支，说可以想到雷公凌空一路奔来，忙完打雷的本职工作后，遗矢而遁的淘气模样。

手指头小心翼翼撮起雷公屎，没有见到根，只有几条如菌丝的白色的根状物与地与草相连。绿莹莹的还没有成形，太嫩，掬起来似乎要流动，估计是生长出不久。青黄色的已长成木耳状，色泽灰暗，大约已经长老了。青色发亮的，朵朵健壮，是长得正好的。儿子一路走一路蹲着寻找，像探到宝一样呼叫："这里有！这里好多！"不一会儿，就装了大半布袋，有五六斤。田埂里走来一位戴斗笠的老农，说起前一天打雷下雨，就会在草地里长出雷公屎，这东西有清热解毒的功效，皮肤发痒啊，生热疮啊，煮汤喝能防治。

回到家，用清水泡，多沥几遍，洗去泥沙杂草，铺在竹匾上控去水分。我们按照查找来的菜谱做了两个菜：一个是雷公屎炒肉末——辅料是辣椒、蒜蓉、酸豆角，多放油炒；另一个是雷公屎鸡蛋汤。前者炒好后有一些汤汁，色泽青绿，微辣，特别下饭；后者一海碗汤，色泽清淡，味道醇美，不用放味精。惊蛰之后春天的气息就在这一菜一汤里。

采了这么多雷公屎，送给左右邻家尝鲜，还剩下不少。这样的时鲜野菜，放久了估计味道不佳。于是，我们借鉴大连海菜包子的食谱，开发桂林雷公屎新吃法：拌馅做包子。

雷公屎与海菜同为藻类植物，味道鲜美而生性清淡，用猪油或菜油和着肉馅、蒜蓉拌，用烫面做包子皮，包的时候把馅塞实包严，以防蒸的时候汁液流出来。包子上了蒸锅，蒸汽一开始蒸腾，鲜香的味道便在厨房飘散开来。包子起锅后，咬开青绿汤汁浸润的包子皮，润滑鲜美，清香可口。

味道好极了。

儿子写郊游的作文，写到"屎"字有点儿难为情。想了想，我建议作文中就叫“雷公使”吧——惊蛰过后，雷声滚滚，它是来到山野里的春天使者。

**附雷公屎相关资料：**

雷公屎是一种奇特的藻类植物，形状或似木耳，或似珍珠；颜色或呈青黄，或呈紫绿；其质嫩若凝脂，半透明状，因此有的地方叫“地木耳”，也有的地方叫“雷公菌”“天仙菜”，还有叫“葛仙米”的。传说东晋道家、医学家葛洪入朝将雷公屎进献给皇帝，说此物可解热清火、明目益气。太子体弱多病，食用雷公屎后，神清气爽，身体康复。皇帝御赐“葛仙米”之名。《本草纲目拾遗》卷八有“葛仙米”记载。苗族人叫作“jibvib”，意思是“长在岩石上的菌子”。

2014年4月12日

# 訾 洲

20世纪90年代初，我经常骑自行车到訾洲。

沿着穿山路经过一座没有护栏的石桥，过了小东江，就进入訾洲。江水清澈，两岸砌着青石。水草在江里晃动，鸭子在桥洞下来回穿梭。东江菜市后面还有老式的木楼。

那时，訾洲还是一大片撂荒的野地，杂草丛生，有两棵高大的女贞子在七八月间开白色的花，到了深秋，吧嗒吧嗒落下蓝黑的果实。每到周末，訾洲的荒草地里，有人摆出一溜溜的旧书摊。带着点儿冒险的快意，我骑车冲上石桥飞快地下坡，把车锁到树下，蹲在旧书摊前淘书。旧书摊不只有旧书，还有旧字画、旧书信等旧物。一堆堆一排排，书的霉潮气味在日光里沉浮。旧书摊还有锈迹斑斑的旧铜钱、旧纸币。各种各样稀奇古怪的旧货都能在这里淘到。

夏天的午后，在这里逛上两三个小时，淘到几本有趣味的闲书，靠在乌桕树下看，可以消磨一下午的时光。

有一次，我翻看一大堆残破污旧的字画，从字画里掉出来一枚已碎裂的石头印章。方印的一角已经崩坏，污浊的印泥糊了印文，看不清是什么字。两行边款也模模糊糊，隐约有“齐璜白石山翁”的落款。不可能是齐白石刻的印吧！我拿旧报纸使劲擦掉印泥。朱文残缺，四字中只模糊可辨“子厚”二字。我忐忑地问摊主这枚印章多少钱，摊主要一百块。我左看右看，朱文线条柔美沉静，不像齐白石奏刀騞然、大开大阖的风格，和摊主讨价还价：“怎么可能是齐白石的！最多是个摹刻白石的印。而且石头都崩裂了。十块钱！”一个戴草帽的老头凑过来看印，指着印文念“子亭”。我们就“厚”还是“亭”探讨了一会儿。从字形看，老头说的似乎更有道理，“亭”为曲折的一横表示亭子的顶，整体结构方正，虚实有间。老头问我要不要——我摇头不要。我看不懂这价钱，对“齐璜白石山翁”的落款更是怀疑。齐白石刻的印章怎么可能流落到桂林！老头于是和摊主讨价还价，六十元成交，乐呵呵地把破印章握在手里拿走了。

旧书摊里还能淘到一些书信和手稿。记得有一次，一个收破烂的老人背着一麻袋旧书信让旧书摊的老板收。一封旧信，信封、特种邮票品相完好的五毛钱（普通邮票的不值钱，一封旧信才一毛钱）。老人数出两千多封旧书信，从旧书摊老板那里拿到五六百块钱。这大约是收破烂的老人的意外之喜。老人一张张数着钱走过桥去“刘伯娘米粉店”里吃米粉。不一会儿，集邮的人就在旧书摊前挤了一堆，淘他们的宝贝。

在旧书摊里，还能见到一些手稿。最难得的是老式文人用毛笔或者钢笔书写的手稿，一笔一画，看起来很舒服。

有一年，我在旧书摊翻到用钢笔写的一沓稿纸。纸张已经泛黄，繁体字的墨迹洇染开，仔细看还是能看出写的是一篇散文。文章写抗战时期一个城市，城市里有一条江，江里有一个小洲。抗战时期的故事就发生在这个小洲里。作者是抗战时期流落到这个后方城市的文人，来这个小洲里求租民房。作者遇到居住在小洲上的贫家村妇，她们把家里的木板房无偿提供给国军伤兵疗伤用。作为国民，她们愿意为抗战做贡献，而不愿意出租木板房来赚钱。狭长的江中小洲，岸边的芦苇，隔岸的山景，开垦的瓜菜地，几个只有简陋木房子的农妇……我读出了熟悉的桂林气息。如果没有猜错，文中的小洲应该就是訾洲啊！由于稿子是残缺的，没有头尾，不知道作者是谁。那时，在书摊边，我也就是翻翻，没有想到要收藏手稿。

多年之后，我读到一本《想去漂泊》的书，看到似曾相识的文字，作者是艾芜。我查阅了艾芜生平。抗战爆发以后，艾芜一家到了桂林，曾经居住在施家园。施家园毗邻小东江，离訾洲不远。闲时艾芜带孩子散步到这里，记下遇到的村妇、伤兵，是可能的。訾洲旧书摊上手稿的文字细节我记得不太清楚了。如果真的是艾芜的手迹，那是多么珍贵啊！艾芜笔下的这个小洲，犹如战乱频仍的国家，弥漫着荒芜而又充满生机的气息。乌桕树下是老式民居、淳朴而识大体的村妇、坐在门口晒太阳疲惫而乐观的伤兵。

而那方残破的旧印章，我再也没有见过。直到最近读到《白石老人自传》，书中记载齐白石光绪三十一年（1905年）七月到桂林，寓居桂林，以卖画刻印为生。突然想到，那方被草帽老头买去的印，是不是那时齐白石给某一位桂林市民刻的呢？或许，当年四十三岁的齐白石来訾洲郊游过。

訾洲呈梭形浮于水中。唐代莫休符在《桂林风土记》中说："洲每经大水，不曾淹浸，相承言其浮也。"故又称浮洲。"訾洲红叶桂林秋"，訾洲文脉悠长。自唐元和年间裴行立建燕亭、柳宗元撰写《訾家洲亭记》起，历代众多文化人在訾洲留下足迹。訾洲旧书摊已经消失，旧书旧物旧时风情早已湮没在流逝的时光里。月夜，漫步在现在的訾洲公园，记起唐代诗人赵嘏在远方写给桂林朋友的一首诗："遥闻桂水绕城隅，城上江山满画图。为问訾家洲畔月，清秋拟许醉狂无？"

天上江中，月亮一直在那里。

2014年5月16日

# 布　店

祁门红茶店的旁边，开了一家卖粗布制品的小店。

粗布店的店主是一个小伙子，二十多岁，头发长长的，模样清秀。我走进店里，店主坐在一张小桌后，微微点头，任我随意看。店里有各种粗布制品：床罩、被单、枕头，也有衬衣、棉袄、帽子，粗线条的风格，乡土的味道。吸引我的是木架子上摆着的各种各样的布老虎，标明是手工制作。布老虎虎虎生威，眉眼、鼻子、嘴巴用鲜艳的棉线绣出。店主看我对这些布老虎有兴趣，就和我聊起来。

店主是北方人，前几年来桂林读大学，喜欢桂林这个容易让人“气定神闲”的城市，就留了下来。店主是学设计的，在桂林找工作可不容易。毕业后晃悠了两年多，也在一个公司做过设计师，做基础的动画设计的活——没有多少创意的工作，没有什么意思，就辞职了，开了这么一家小小的粗布店。粗布是从太行山里的老家找农业合作社订做的，多是农家手工、半手工织的布。店主让我摸摸粗布，质地粗粝，织染也简单。店主拿起一匹淡黄的布说，这布没有经过织染，本色，做被里很好，也可以做布口袋，替代日常使用的塑料袋。我拿起一个粗布口袋看，两条带子比一般布袋的要长一尺，单肩背起，口袋正好在腰胯处，有点儿像远行的僧侣背的袋子。这样的粗布口袋由不经染色的棉布缝制，有的也染成淡淡的青灰色。小伙子的店招不起眼地印在布袋的左上角。店招也就是牌子，是店主自己设计的，一棵枝杈简单的树的剪影。

店主说，开这样一个店就是为了随性，现在基本上能维持简单的生活。小店门口的街道他喜欢，临街都是香樟树，旁边多是茶叶店、养生馆，透着散淡的小城气息。他说起太行山里的老家，北方高远的天空，陡峭的山崖和山崖上生长的树。农家种植的棉花在秋风里散发出浓烈的气息。这气息让人想到泥土和阳光，犹如浓烈的色彩，你能想到，但是画不出来。农家的院子里，晒着棉桃，老祖母在秋阳里的树下气定神闲地织布。他记得小时候，父亲拉一架子车的沉重棉花包到镇上去卖，他在车后面推。抬头是山，山外还是山，走出去可真不容易。

他终于走了出来，却怎么也画不出棉花地收获季节棉桃爆炸开来的飞扬恣肆。在桂林开这样一家店，为了生计，也为了那种守着棉花地等候棉桃瞬间炸开的感觉。

谈到设计，店主说许多布艺织物都可以与节气相关。比如冬日，布艺织物带给人温暖的感觉。暖色的地毯、布老虎抱枕、粗布披毯，材质颜色可以搭配出不同的格调。本色棉布也是美式乡村风格中的重要元素，而红绿鲜艳的色彩则是中国北方的审美特点。微黄的带有老旧的手工编织纹理则让人怀恋远去的乡土和暖阳。

我想起非洲深蓝的天幕下，马赛人披一袭红色粗布披毯，拄一根长木杖，行走在一望无际的荒漠上，越走越远抑或越来越近。

进了两次这个小粗布店，与店主成了朋友。我在店里买了一对粗布抱枕，这抱枕可以做枕头，也可以打开做夏日的单被，很实用。有一次经过这家店，和店主聊天，聊到我儿子想要一个大布老虎做抱枕，店里没有现货，说是要订货，过一个月让我来看。他摘下一个小布老虎送我，让我带给孩子。小布老虎是蓝粗布做的，稚拙可爱的样子，有点儿像乖巧的小宠物。店主说这在北方农村是有说法的，是守护孩子的小老虎，是保护神。

感念店主的善意，走过小店的时候，有空我就进去看看，时不时买点儿什么，也顺便听听店主聊他的设计。前段时间，一位出版社的朋友组到一部名家书稿，作者是一位北方作家，写的是太行山乡村小人物，以一百多个乡村人物故事为线索，串起北方城乡生活，写出卑微生命在纷繁芜杂世间的印迹。人物故事具有可读性，文字深处，亦有对人的行为、观念直至命运的描摹与思考。书出版后颇得好评，朋友送了我两本。这本书写的是太行山的人物，我想开粗布店的小伙子可能会有兴趣，就送了他一本。小伙子很喜欢，说舍不得一下子读完，专门端了椅子坐在小店门口的香樟树下，晒着太阳，喝着漾着微微热气的祁门红茶看这本书。

他说看着看着，他就回到了山里的老家，与书里的乡里乡亲相遇在冬日暖阳里。

但他对书的装帧设计不太满意。按说图书设计者已经非常用心，有作者线条简洁的速写作为封面和插图，字号行距都精心设计过，总体感觉不错。但似乎还欠着一点儿什么——店主摩挲着书，他认为，设计者要想到作者要表达什么样的感觉，要表达出内容，也就是乡土人物灵魂深处幽微的心动之处。而阅读者，能通过图书的装帧设计一下子感受到这样的阅读氛围，这样的装帧才有价值。“是不是可以采用一点点乡土的元素，比如用粗布做封面，以冬日的树影作为剪影压在粗布上，书名用简单的宋体字即可。寻常乡里人家的命运故事粗粝、质朴，可以由背后的人性之善之美之恶之丑体现出其不寻常，那样书的感觉会不错。”

我把店主的意见告诉了出版社的朋友，看看是不是在这本书再版时能作为参考。出版社的朋友说，这桂林街头开粗布店的小店主的审美眼光可真不简单。

2014年5月18日

# 温　泉

林间湿漉漉的。脚下的鹅卵石湿滑，在黑暗中泛出一闪一闪的光亮。

我披着浴袍，走在通向山间温泉的步道。远处山谷雾气蒸腾。山风掠过，带来沁人的寒气，神思为之一振。

五点多，团团白雾之上，是幽冷深远的夜空。夜空深处，数颗晨星寥落，时隐时现，隐没在雾气之中，闪现于雾气缓缓移动的间隙。晨雾如埙声，时而细切如丝，时而幽咽如冰下的泉流，悠长而清远，带着些许的落寞。

夜色神秘，像节奏缓慢的黑白老电影，摇出虚渺的森林和叠印的峰峦。黑暗是流淌的水墨，被风洇染开来。远山时而显出清晰的印迹，时而融进风里不见了踪迹。睡在路边树丛里的刺猬在梦境里翻了个身，发出一阵轻响，滚到路上又睡过去。黑暗在凝滞的空气里沉重地流动，随着身旁深谷下的溪水流入寒冷的冬夜。

走过温泉泳池，我听见泳池里哗啦啦的划水声：有一个人在游泳。长方形的泳池水汽浮动，夜泳者修长的身姿如飞鱼，划出一道长长的水痕，引来深谷岩壁里的山蛙几声清脆的鸣叫。山谷传出沉闷的回音。谷底泠泠泉声若有若无，一如幽咽的遥远琴声。

温泉池错落安放在山坡林间。我走近一泓临溪的温泉。探足入水的瞬间，好像千万根细密的银针刺入肌肤，全身刺痛，肌肤为之一紧。温暖的黑暗一下子拥抱过来。我只露出头，身体浸在这温柔的火焰中，不由轻轻叹了一口气，闭上眼睛，瞬息忘我，只感觉到紧紧包裹着我的温暖和黑暗。

不知过了多长时间，我睁开眼睛，看见一双眼睛在池水的另一边看着我：也是来泡夜泉的人。他不说话，向我眨眨眼睛，随即背过身去，浸入水里。

那眼神似乎有些熟悉。我疑惑了片刻。飘动在水面上的头发晃动了一下，他探出头来。我想起来了，前一天下午徒步金坑梯田时遇到过这个德国小伙子。

走到山腰梯田的农家木楼，这德国小伙子倚靠着背囊画梯田建筑速写，用钢笔画农家木楼。我凑上去看时，他正收尾，简笔寥寥几画，画出几只觅食的鸡鸭在木楼下啄食。

我和小伙子打了个招呼，发现这小伙子能说简单的中文。经小伙子同意，我翻看他的速写本，看到不少中国的民居速写。原来小伙子是慕尼黑工大的学生，用一年的时间旅行。在中国，他去了上海、杭州、绍兴、郑州、太原、西安，现计划在广西寻访少数民族民居。

在路边的乡村茶馆与这金发碧眼的瘦高小伙小坐，喝龙胜大叶子野生茶。我问起他在中国见到的印象最深的建筑有哪些。

小伙子谈到北京郊区的一个小村子：冬日严寒的空气里，这个小村“很暖和”，农家四合院，不是中国建筑教材里四四方方的，而是依山势高低而建，不规整，但有趣味。民居周围有枣树、榆树，多是百年以上的，光秃秃的如同雕塑。冬天褐色的燕山荒野、衰草枯杨、古村旧院，凝重朴素，像千年前的画卷。他探究了村落的排水系统。在农耕时代，生活用水的进和出基本平衡，可以自然消解。而现在，即使是这样一个山村，随着游人的增加，污水处理也成了难以解决的问题。他在这个小村住了三天，思考污水处理方案。在中国北方这个山村，他也听到鸡鸣声把天色点亮，看到一窝初生的小狗睁开眼睛看着他。他画下了村里小巧的随地势构筑的乡村版中国四合院。燕山苍黄的天色里，雪粒萧瑟而下，稍不留意又不见了踪影。中国北方的雪并没有在地上留下痕迹。山村安静，他好像回到杜塞尔多夫乡下的家。还有就是河南西部的民居。他翻开速写本让我看：窑洞掩映在枯树里，淡淡的黄褐色，冷清安详。一队老人喝着茶，蹲在窑洞前晒太阳。

再往前翻看，看到中国江南民居，日本的京都、奈良等关西建筑。小伙子谈到大阪的清早，晨曦微露，安静而随意，晨跑时可以听到此起彼伏的乌鸦声。小伙子说，让他印象深刻的建筑都是有年头的，中国城市的建筑太新，中国元素少，人和建筑隔离。

我觉得他说的有道理。“最好的建筑与自然、与居住者是相通的。比如，”我指指木楼，“每天清晨的阳光会和木楼前的青石阶相遇；每年冬至，这山顶的雪会和老木楼上的黑瓦、卧在黑瓦上的花猫、长在瓦隙里的狗尾草像老朋友一样见面，聊聊天。”“对，对!”小伙子的眼睛亮了，说我讲得有道理。“比如大阪老城的乌鸦，也是城市建筑的一部分。新的建筑如果处理不好环境与居住者的关系，就容易生硬，失去灵气。阳光就不是那有灵气的阳光，乌鸦也就不是代代相承盘旋大阪上空的乌鸦了。”

“是啊。”我谈起慕尼黑英国公园中国木塔下居民在啤酒节的狂欢。这座黑色木塔已经有两百多年的历史，阁楼式，五层，檐端挂着铁铃铛。慕尼黑居民可以坐在塔下的长凳上，倚着木桌，畅饮啤酒欣赏夕阳，听听节奏欢快的巴伐利亚民族音乐。木塔是两百多年前向往东方艺术的德国建筑师凭着想象造出来的。塔的结构并不像中国汉地寻常可见的塔。照我看，更像侗族村寨里的木塔。经过两百多年，“中国木塔”与当地居民的生活已经有了紧密的关系，塔下就是慕尼黑知名的“啤酒花园”。这里盛满了当地居民的欢声笑语，与春风冬雪相会了两百多年，这塔也就有了它的作为建筑的生命。

“除了龙胜山区的民居，桂林还有哪些值得寻访的建筑？”小伙子问。

我一时无语。想了想，谈到月牙楼、王城古城墙、古南门。民居，还真是数不出来。“桂林的民居依山沿江，多是木楼，也有一些是砖木结构。桂林上空有白鹭盘旋，比乌鸦美多了!”

“哪里有这样美的建筑?”小伙子追问。“可惜在二战中被日本人烧掉了!”

“唉!”小伙子感叹一声。

小伙子喝完一杯茶，微笑着与我道别，背起背囊继续往山顶走。没有想到，在温泉里，又与他不期而遇。

泡在森林温泉里，深山原始森林的气息随夜风浮动。古老的寒武系，从白崖岭到天鹅界的断裂带中，我浸润在寒冬的温暖之中，闭上双眼，感觉时间停了下来。

睁开眼睛时，雪花在夜空里轻舞飞扬，化入水里。

不知过了多久，漫天混沌，山峦森林都不见了。浸在温泉里的小伙子头上积起了一捧雪。

2014年5月20日

# 夜 空

那年夏天，和朋友登越城岭的山，住在一个山庄。山庄在半山，掩映在山林间。

深夜，和几位朋友从住宿的山庄出发，沿着山坳里的湖走了半个多小时，走上一条藏在齐腰芒草间的路。又走了一会儿，登到山顶的悬崖边。悬崖的这边是兴安县的华江乡，悬崖下面遥远的峡谷之外，有几点光亮，就是资源县境的瑶寨。

路上没有灯光，山路依稀可辨。抬头，漫天星斗。夜幕低垂。好像呼吸到的不是空气，而是流动的黑夜。这流动的黑夜里融汇了星光。星光的味道清凉悠远，夹杂着山风摇曳的树木清香。一路上没有人说话，夜似乎把声音吸纳进黑暗里。天地寂静。沉闷的山风偶尔从耳畔擦肩而过，像一个熟人从背后轻轻拍了拍我的肩膀。

天幕下，远山只是一道起伏的暗痕。

山崖边，我索性躺倒在草地上，看漫天的星斗。星空好像要把人吸纳进辽远的深处，恍惚间人要飞升到空中。北斗七星浮在空中，在这恍惚之间慢慢转动。

北方的星空与南方的不同。大约是因为湿润，南方的星空似乎带着水汽。天气晴朗的夏夜，曾在兴安猫儿山顶看星空。猫儿山顶上的星空清澈，天空如同一条明净的河流。看久了，星河在头顶形成一个旋涡。年轻的同事弹起琴唱起歌。

一年初冬，在全州天湖，大片大片经霜的芒草已经变白，星空浩瀚，星光下起伏的山丘像一只只卧着的巨大睡狮。全州天湖是高山湖泊，随湖形变化，水里呈现出深不可测的星光倒影。

北方晴天的星空清明透亮，星星似乎离人更近。那年深秋，我曾经登上长白山看天湖，天水幽蓝。可惜景区不能过夜，没能领略长白山天湖的星空倒影。下山后，暮色四合，天空一下子打开一张巨大的星图。站在山里，张开双臂，可以拥抱整个星空。

有一年暮春，我西行到陕西西部的彬县永乐乡的农村，借住在同学的邻居家里。半夜醒来，走到洒满星光的院子里，在石碾旁边坐下。近处的星星似伸手可摘。彬县，商代为豳国，周代豳为京畿之地，是农业文化的起源之地。诗经中《豳风·七月》写到“七月流火”。在中国古代，这颗叫作大火的星，属于东方苍龙七个星宿的心宿。这首三千年前豳地农夫吟唱出来的诗歌中，“七月流火”，是说大火星渐渐西行，暑气将退，天气将寒。夏历七月的夜空，天气渐渐转凉。入夜，能够看见大火星从西方的天空落下去。这个时候，农夫看到正南方的天空出现这样的天象，就知道夏天即将结束，秋天就要来临，秋收时节到了。而在暮春时节，这颗硕大的星星应该尚在中天偏东南。

我张望天幕，寻找这颗西方星相图里的天蝎座星辰。观星手册里介绍这是全天最孤独的一等星，它的周围有许多明亮的二等星。满眼的星光里，我却无法确定大火是哪颗星。雪白的梨花在黑暗中渐次绽放的声音，带着星光飘落的无言忧伤，弥漫在这四月的夜色里。

离开彬县后，我搭了一辆西去的客车。入夜，进入平凉以西，行进在平凉—静宁—会宁一线。进入六盘山区，暗淡的车灯扫过山路，起伏的山原荒凉寂静。黄土塬大块大块的土层，如遥远星球上瞬间凝固的黄褐色巨浪。破旧的客车摇晃着载着满车睡眼蒙眬的旅人——有头戴白帽远行探亲的当地回民，也有外出打工经商的东部汉人。我和身边的乘客一路闲谈，认识了到城里打短工的农民，去兰州做装修工程的温州人。客车驶进渐行渐浓的夜色，像要驶向浩渺天空。晃动的车窗外，泼天的星光扑面而来，摇曳着，一直潜入我清浅的梦境。

这样的天空，这样的夜晚，已经过去了好多年，却常常让我想起。时常想起黑得透彻的夜，亮得清爽的星空，裹着军大衣，躺在险峻的山崖边看星星，沉浸在冥想之中：我是谁，我从哪里来，又要到哪里去？想起少年时代很执拗地追问过中学政治老师，宇宙无边，无边之外是什么，这个世界是不是只是我们有限的感觉器官的一个幻影？蝴蝶感觉到的世界，与我们感觉到的世界是不是同一个世界？还有，我们借助什么感受宇宙，如同一只蚂蚁，怎么能感受到这个地球？甚至，我们的身体是不是另外一个星空？我读过一本书，《内证观察笔记》，记录一个人通过打坐内观经络的循经游走。通过内观，记录中医经方与天象的关系。我只读了几页，没能读懂。只好依旧做那只迷茫的蚂蚁：蚂蚁与若干光年之外的一颗星星有关系吗？胡思乱想着，直到夜空的光盘里，一颗流星划出一道细切的痕迹。

那次在桂林北部越城岭看星空，和一起爬山的朋友开始有一句没一句地聊天。一起爬山的有一位朋友，他想在山上修一间小房子，建一个天文台，架上天文望远镜。他说，有空就来这空气纯净的山上看看天空，感受与琐碎的日常生活不一样的一个时空维度，或许能有更多的关于生命、关于世界的感悟。另一位朋友提议，可以在这夏夜泡在岸边长满芦苇的大湖里，任意漂流。遥远的星空也许只是浅近的大湖的倒影，在这如水的星光里可以忘记我们渺小的身心丈量出的有限时空。

那天夜深风凉，兴尽下山，路过苇塘，湖里的夜空微微晃动。那朋友兴起，索性脱衣下水，搅乱一湖星光。

2014年5月26日

# 爬　山

只要不下暴雨，没有事要马上做，我每天都去爬山。

初秋的早上，我从七星路的七星公园大门进公园，走在碑刻青石铺的路上，有点儿幽凉的感觉。我看见老动物园门前一棵高大的树下一群人仰着脸伸着手拥来挤去。一人双臂合抱那么粗的树上枝叶繁茂。树冠上稀里哗啦一阵响动，人群头上噼里啪啦落下一串串东西。人们兴奋地朝树上叫喊着，又是一阵“急雨”落下。有的落在树下的草丛中，人们去找；有的落在青石板路上，溅起一片果浆。空气中流溢出甘甜的味道。

我走过去看，原来是一棵拐枣树。树上有只小猴在使劲摇着树枝，把熟透的拐枣一串串摇下来。

拐枣树上匍匐着栘椤，这是共生的植物，牵牵绕绕的藤蔓，绿色像游走的蜥蜴蔓延开来。树高约十米，仰头看上去，蜡质的树叶在轻风里翻转着，把柔和的晨光筛下来。果浆张扬的甘甜、栘椤含蓄的青涩、似有似无的野生薄荷的清新，如水波一样荡漾在清晨的天空。山根的石洞里，隐约可见拉琴人的剪影。

从漓江东岸的普陀山爬上，时而隐身于绿茫茫的丛林里，时而沿着直立的岩壁攀爬，汗水湿透衣衫。我每天登山的功课是爬普陀山四个山峰。高难度的一座几乎呈直立状，登山犹如攀岩。后面三座起伏略小。周末假期陪我登山的是我的儿子，平时，多是山上的野猴。走到山腰，头上的枫树、樟树密密麻麻的树枝上哗哗作响，猴子们在树上翻滚追逐，一路伴着我。从锈迹斑斑的安全警示牌处攀登山峰，钻进树枝和藤蔓织成的网里，只有一条细小的攀爬路线，可供一人挤过。头上是密密的树叶，旁边是竹丛，脚下是石头和伸出来的老藤。抬头看那边的山崖，晨练的人攀岩抱石，如同行进中的蚂蚁队伍。有几位来自甘肃平凉的退休老人，前几年偶然跟团来桂林旅游，体验了桂林市民每天与大自然如此亲近接触的生活后，居然举家迁到桂林，租房居住，天天来登山。他们说，两三年下来，身体也好起来了。

山石粗粝。登山登得多了，手会磨出血，时间长了就结成厚皮。大多数登山晨练的人都戴手套。我买了建筑工人用的白线手套。半个月下来，手套就会磨得露出手指头。桂林在三亿年前是海底，嶙峋的岩崖间，曾经有鱼群在清澈透明的海水里畅游。上亿年的沉积，形成沉积岩，青灰色的岩石，有的石质细密，有的有细小的孔隙，偶或看到鳞甲状的化石。在山顶四顾，西面漓江前横，訾洲、象鼻山、独秀峰、老人山、伏波山，如画轴展开在眼前；东面三里店在望，七星路上车如甲虫人如蚂蚁，在这个世界里忙碌。你可以作为旁观者，把数亿年变迁想象成两个小时的地质变化的电影。海水涌来又退去，北面五岭起伏，南面海洋涌动。桂林就在这涌动起伏的地质变化中成为今天的模样。人类居住在甑皮岩烤火的时候，用地质史的标尺衡量，离现在很近。秦始皇从关中派人来这里修渠，好像就在眼前。

山石下，青色的小蛇慢吞吞地爬过，隐没在绿草丛中。

从山下往上攀爬时，我抱着岩石，背后就是悬崖，汗水浸湿了眼睛。绿叶丛中，有细碎的声响。稍稍抬头看，是几只刚出生的毛茸茸的小猴子，巴掌大小，在密密麻麻的树丛里跳来跳去。小猴子的毛黄灿灿的，在晨风里闪动。小猴子眼神清亮，好奇地看着我。

我抱着石头看着小猴，心里充满快乐。

我继续攀爬天权山。到半山，看到一顶草帽在我脚下的石洞坑里晃动，一位老人在洞里叫喊："小伙子！小伙子！"我以为老人家不小心掉到洞坑里了。老人指了指我脚边的两桶（大桶的食用油桶）水喊着："小伙子，帮我带桶水到山顶，这么多天没有下雨，上面的榕树渴坏了！"老人原来是在给洞坑里的植物浇水。我答应一声，提着水继续往上攀。到达山顶，把水桶斜倚在制高点的标志杆下。

抬头看，远远望见天璇山顶上的大块岩石上蹲着一只猴子在看着我。四下张望，桂林的山远近高低浓墨淡影，像水墨泼在天空里。

一群白鹭款款飞过。

2014年5月28日

# 山　道

桂林七星公园普陀山青石条台阶泛着油亮亮的光泽。

每日清晨天麻麻亮，登山的市民三三两两行走在山道石阶上。疾走几个台阶，有一个宽一些的台阶作为缓冲，可见设计者的用心。山道和缓处行来如同漫步，陡峭处便是攀登。走在这山道上，移步换景，走过小石林，登上普陀精舍，苍翠的群山环绕。再往上走，进入山林地，高大扶疏的树木枝叶纷披。走到这里，不论是冬日还是春天，会走得微汗。坐在石阶上，整个人似乎泡在暖和的温泉里，你可以感受到山林的呼吸。有一年，我曾记录下山顶每天日出的时间。我能够感受到物候的悄然变化。

旧叶飘落，新芽始萌。

一位中年妇人几乎天天早上用竹扫把清扫普陀山道的石台阶。“刷刷刷”，一个台阶一个台阶扫过，每个缝隙都清扫到。她弯着腰，时而用毛巾擦把脸。妇人衣衫简朴，面色平和。初见的人多以为她是公园的保洁员。后来我才知道她就住在公园附近，在山道扫石阶已经很多年了，做的是义工。她说她知道普陀山道台阶的准确数字，每块台阶的模样，熟悉路边植物生长的气息，也知道什么时候，山道边石壁上会有小四脚蛇探出头来张望。游人多的时候，她提醒一下，用的是本地方言："下山慢点，上山踩稳！"尤其是遇到跑下山的"小把爷"，她会大声喊"踩稳石阶"。市民和游客有时对她表示感谢，并对她常年清扫山道台阶感到惊奇。她笑着说，没有什么特别的，扫山道也是她的锻炼方式，每天呼吸清新的空气，活动活动，身体越来越好，又清洁了环境，对人对己都是好事啊！从山脚一直扫到山顶的摘星亭大约要一个小时，到了摘星亭，太阳已经升起来。妇人伸展腰身，四望群山，漓江就在面前。每日清晨扫完台阶，她便下山，说是要到六合路菜市买菜去了。

这时，对面山上往往有猴子坐在山顶的石头上。嶙峋山石的悬崖缝隙中有人在攀爬，不一会儿就到了山顶。山上群猴攀缘，呼啸而过。

清扫山道用来健身想来是件美好的事情。一阶阶扫来，心境平和如湖水，时不时有行人打个带着善意的招呼，心中自然和悦。晴天可以感受枝叶筛下斑驳的阳光、起伏的虫鸣；雨天可以欣赏山道边亭子里安闲的胡琴声和迷蒙的烟雨。她可以在不变的清扫节奏中触摸到自然的美妙、人与人的亲和友善。

普陀山腰有抗战殉国的三将军和八百烈士墓。从前山和后山上来的晨练市民、游客相遇在墓旁的纪忠亭里。我遇到过一位白发老人唱着自己写的歌，歌声激昂，表达他的愤慨之情，高声唱"中国当自强"。旁边的市民并不以为异，安静地听着，也听听收音机里的新闻，议论几句他们眼中的国际关系。我还遇到过讨论1944年10月桂林保卫战的市民。他们谈到桂林民风的剽悍，桂林的抗战守军与桂林城共存亡，抱着必死的决心与日军搏斗、打巷战。桂林的民房成了巷战的碉堡，桂林的山也成了抗敌的堡垒。桂林民团组成敢死队，勇士身上绑上手榴弹和炸药包去和日军拼杀。就在这小小的普陀山上，血流殷地，伏尸遍野。在市民中，有桂林人口耳相传的民间抗战历史。从山上望去，1944年的桂林老照片里，老人山下、独秀峰周围曾焦土一片。

桂林档案馆在七星公园举办过桂林老照片展览。老照片里，山影依然。照片述说了那个时代桂林老百姓经历了什么，承受了什么。这两年，桂林作家刘玉关注民国桂林历史的研究，较为系统地采访流散在桂林民间的抗战老兵，出版了图书。我在仰止亭里阅读这些抗战老兵的口述历史，似乎在窥探国家命运、桂林城市命运和这些桂林人的命运。纪忠亭里的石条凳被市民摩挲得油光水滑，市民在这里安闲地聊天，也有人拉拉胡琴，唱上几段京戏。

现实与历史，如拂动山道边老树的两股风交汇着。树上的蝉蜕伏在枯枝上，新蝉簌簌爬上来。

山道，沉静清幽。过了上午九点，游客渐多，桂林市民大多下山去了。

2014年6月1日

# 闲 居

桂林是一个适合闲居的地方。

城中一弯漓江、几潭连缀的小湖，城里城外错错落落的山峰，空蒙的山色，明净的空气，是色彩厚重的大环境。居民住在这座小城，可以感受每天时光流逝的色彩变幻。春天，城外的山色嫩嫩的，似乎还慵懒着，漓江里的水渐渐涨起来。夏天，城里山色青翠起来，漓江里游泳的人在水色、阳光中沉沉浮浮；秋天，龙隐路上红叶拥挤起来的时候，层层叠叠的群峰苍凉中显出难得的丰富。冬天，居然有一场两场温柔的雪，像一个袅袅婷婷的女子不期然遇见了你。哈一口气，雪化在你温暖的手心里。

把家安放在这样一个小城是令人愉快的。

小小的桂林有七八座公园。每天清晨，天色蒙蒙亮的时候，市民们到离自己家最近的公园晨练。七点钟以前，公园对市民免费开放。市民们暗自得意，这公园就是自己家的后花园啊，从自己家走路到公园一般不会超过十分钟。况且，从家里走到公园的一路，也是惬意的事情。在桂林，自行车是最适合的交通工具。散步遛鸟、登高喊山、逗弄逗弄山间的猴子、打打太极拳。仁者爱山，智者就恋水。桂林是游泳者的天堂，漓江訾洲和伏波山游泳场、西清湖天然游泳场、桂林游泳馆，做一个泳者，你和清晨清爽的空气明丽的阳光融为一体。

山顶红红的太阳升起来的时候，大约是七点半的样子吧。晨练结束，从山上下来、从水里起身。这个时候，诱人的米粉香在街巷飘浮，米粉自然要来一碗。

米粉是桂林的招牌之一。记得有一年在洛杉矶市区，我坐在大巴上，就看到街头有大大的汉字招牌："桂林米粉"。不知道漂洋过海的"桂林米粉"是什么味道，反正老桂林人都说，出了桂林城就没有"正宗"的桂林米粉了。"二两卤菜，加个卤蛋"——"二两卤菜"不是"菜"，是加卤制牛肉和卤水的米粉。据说秘密全在卤水上，用桂皮、沙姜、草果还有十几种中药香料熬制成的，一般是酱色，也有绚烂之极归于平淡的，酱色熬成了无色，但味道更浓郁。米粉上铺上几片切得薄薄的牛肉，来一勺卤水，再放上葱花、酸豆角、酸萝卜丁、炒黄豆，搅拌。对了，真正的老桂林是不加汤的，吃干捞粉。米粉的香气让居民和这小城有了亲近感。好多桂林人从外地回来的第一件事情是到米粉店来"二两卤菜"。老桂林人白崇禧先生的公子、作家白先勇前几年回到桂林，据说在"石记"老店一连吃了几个"二两"才过瘾。有桂林米粉，一般桂林市民是不做早餐的。街头隔几十米一家的米粉店就是自家的厨房。

吃米粉的时候，桂林人会坐一个小木凳，因陋就简，碗搁在大点的方凳上。当天的日报、晚报送到了客人的手里。《桂林晚报》是平民化的市民报纸，小城的家长里短让桂林人坐在小木凳上就着米粉看个仔细。

吃饱喝足（可以喝免费的豆浆和配米粉的骨头汤），忙你的正事去，上班的上班，看店的看店。退休的老头老太乘坐免费公交车提着早市上买的豆腐青菜回家。街上桂林人少起来。公园门口旅游大巴多了起来。来自五湖四海的游客们来看桂林。

老桂林人自然不以为然：赶场似的一个点一个点去跑，有什么意思！其实，桂林的街头哪里不是风景：爬满藤萝的小楼，街边的木亭子、棋盘，湖边的词人雕像，漓江里的竹排。这些旅游者都可以看到，但没有住下来，他们怎么能感受到桂林人的悠然自得？阳光移动在居民门楼砖雕中，时光流逝，在小城悠然的生活节奏中显得真切。

忙完一天，桂林人三三两两散步。桂花开了，有点远野的气息，香得让人想到晚唐的词；玉兰花开了，有点丰腴的味道，让人懒洋洋地迷醉。有人就坐在街头的石凳上，听夕阳下鸟飞回来。三里店大圆盘一带，每到这个时候，成千上万只鸟藏在街树里叫着，鸣叫声成了一条流淌的河流，让人在这热闹和宁静交叉的河流里发呆。

桂林人的周末是最周末的。市区郊外的风景、郊县的旅游点，乘车也就个把小时，去游游秦汉的水利工程，去看看隋唐的摩崖石刻、古运河，还有保存完好的王城，去泡泡温泉，玩玩漂流，都可以当作一次花费不多的家庭小游。如果这些挤满外地游客的旅游点懒得去了，最休闲的是去旧货市场淘淘旧书，去花鸟市场看看刚出生的小狗小猫。回家了，开一瓶“桂林三花”，日子过得蛮惬意。

市民收入不高，消费自然也不算太高，桂林人“活在当下”，似乎没有那么多的功业心。小山小水，小乐小哀，一碗米粉，没有大滋大味，却自得其乐。

记得丰子恺先生抗战时期逃难到桂林，他在随笔里对桂林山水颇有微词，说桂林山水只是盆景，没有大气象。但对于红尘中居家过日子的老百姓来说，这温情脉脉的山水，这没有大气象的山水小城，真是浮生的天堂。

2014年6月8日

# 七星路

十几年前，我出版过一本关于桂林的小书，里面写到桂林七星路的美妙。一位外地读者看到这本小册子，到桂林旅游时专程安排出时间寻访七星路。匆匆走过七星路，她略感失望，给我留言说七星路并不如我写的那样美。

我一直觉得有两个桂林：一个是游客的桂林，一个是桂林市民的桂林。我写的桂林是市民的桂林。一位游客匆匆走过，看到寻常市井生活，不太容易领略其中的妙处。比如，七星公园的猴子，对游客来说就是公园里他们可以喂食香蕉的动物。这些抓耳挠腮的淘气猴子，和其他地方的猴子没有什么不同。而对桂林市民来说，这些奔跑跳跃在山里的野猴子是桂林市民生活的一部分。有时，这些野生的猴子从山上跑到龙隐路上，跳上出租车的发动机盖，隔着车窗瞪着眼睛和司机斗智斗勇；也有野生的猴子跑进市民的生活小区撒野，市民只好打电话请来公园的工作人员，哄骗着把猴子赶回山里。这样的猴群，在桂林市区的山野里自由繁衍生息，偶尔有类似的撒野行为成为晚报上市民茶余饭后的新闻。这些，一般游客自然是看不到的。

七星路旁多种植枫树和桂树。三四月间，初萌的嫩叶凝成一路绿雾。两边人家楼上，阳台上的扶桑花开得鲜艳；十月以后，枫树渐次染红，秋天在七星路铺开浓淡深浅不同层次的色彩。七星龙隐两条路交叉处的玉兰花香流溢在空气中，我却一直找不到玉兰树在哪里。或许就在公园的围墙内。七星公园七星路大门里有几棵高大的树，随着秋天的临近，渐次呈现出黄栌般的红黄夹杂的颜色，犹如浓厚的油画。坐在伸向高远天空的秋树下，听秋叶飘落，令人惝恍迷离。七星路三里店大圆盘附近，道边的桂花树里，每到黄昏，小鸟群集，溪流般的鸟鸣声流淌到夜里。十多年前汽车少，市民在夏日把着扇子，闲坐在树下听小鸟的鸣叫，一直听到天空中亮起星星。而今，汽车多了，鸟声似乎也不如以前清亮。呼啸的车流中，市民的脚步也急促起来。

孩子读幼儿园的时候，周末晚饭后，我时常带着他在七星路骑行，从三里店大圆盘一路走过天意服装店、闻莺阁餐吧、秋之果休闲食品店、澳门酒家，过了七星路金星路交叉口的小小的三金广场，就到了儿子最喜欢的北方小吃店、北国村餐馆、麦香坊，还有我熟悉的14路站台边老曾的按摩店。再往西边走，过了龙隐小学，到七星公园东门。我带着儿子骑车穿行街巷，看见文具店秃顶的老板在树下小凳坐着吃饭；看到老曾按摩店里没有客人，穿白大褂的老曾坐在椅子上听收音机；看见桂湖米粉店门口摆着火锅，三三两两的客人在喝“漓泉”啤酒，油烟伴着爆炒的姜葱散发着家常的亲切味道。这些寻常的风景，旅游者看不到——即使看到，也难以体会作为一个桂林市民的生活感受，比如一路的气味，普洱茶馆老茶的陈香、金手指蛋糕店面点的甜香、金陵小吃店卤味的熏香、北国村东北风味馆子的饺子香、平记冷饮店冰棍儿的幽凉的甜丝丝味道，尤其是经过桂湖米粉店的桂林米粉香。晨练之后，经过米粉店，这卤水的香味勾着你的馋虫，让人迈不动步子，不坐下来吃二两实在是走不过这桂湖米粉店的门。有一次，我接待南京大学的几位教授，就在这简陋的米粉店里，他们每人吃了三两又二两。酥香的锅烧、柔韧的牛肉片、润滑的米粉、卤水、葱花、黄豆、酸笋，客人吃到十分饱，尚意犹未尽。多年后，和他们在南京见面，他们还谈到在桂林七星路上吃着米粉看门外桂花盛开的惬意——当时二两米粉不过两块五。

这样的惬意，一般匆匆而过的游客估计就无法体会。

夏夜，循着七星路和龙隐路交界处玉兰香樟的气息，驮着儿子一路骑到龙隐路的干休所——一个不大的大门，进去以后林木森森，山坡池塘掩映在高大的树木间。这里曾开着一个高端的餐饮会所。我和儿子渴了，便进这个会所坐坐。接待客人的大堂经理西装笔挺礼貌有加，我们坐在高级沙发上，装模作样地看看昂贵的菜单，喝一杯服务员送上来的龙井茶。我们在香樟林的园子里听蛙声四起，看水塘里薄暮中的荷花渐次闭合。逛累了，我和儿子坐在干休所大门口小店前的小凳子上喝曾经两块八一盒的“农大酸奶”。

天色晚下来，我带着儿子往回赶。到了三金广场，看到黑压压一群人站着、坐着在看露天电影。放映机嘶嘶作响。儿子站在车子后座上伸着脖子看。我靠着紫荆树扶着他。银幕上侵略军正向我根据地猖狂进攻。儿子看得入神。在码坪街的台阶上张望，可以看到天璇、天权、天枢几座山的山影，也可以看到明亮的星星。

除了七星路，从七星路分岔出去的巷子，也很有味道。比如前些年七星路二巷的桂北风味小吃一家连着一家，成为桂林特色夜市，入夜灯火通明。通往将军塘的七星路三巷，爬山虎绿莹莹地爬满墙的公寓，种着花瓣如瀑布般飘落的三角梅的小院，闲静安稳。

这样的七星路，在一年四季里如花般渐次绽放出桂林生活的闲散气息。外地那位读者匆忙之间可能无法体会。其中的妙处，要来多住几天才能领略。

2014年6月12日

# 书　店

桂林滨江路有一家名曰“刀锋”的书店。

书店落地窗外，几位慵懒的读书人舒服地把身体安放在藤椅里，喝着茶或咖啡，读着书。这些读书人中有桂林市民：穿汗衫的白发老者轻摇蒲扇，看回忆录；穿短裤的小学生坐在石阶上荡着两条腿看绘本。有些还是来自远方的游客，硕大沉重的背囊随意散放在脚边。

香樟树荫凉的树影，在阳光里轻浅地移动。时而有江风拂过，摇动的树冠沙沙作响，一两片绿叶落在读者的头上。高大的樟树间时而有知了在吟唱。

在刀锋书店坐着看书，不经意间抬头，可以看见漓江在江堤下安静地流淌。江中訾洲竹木掩映，江对岸起伏的天璇、天玑、玉衡、瑶光等七座青峰罗列，清幽如画。游泳的人浮在清亮的江水里。

淡淡的书香味在店里流溢。书店二百来平方米，宽大敞亮，整洁时尚，装修以简约的实木风格为主。进店，可以看到写在彩纸上的“畅销书排行榜”“新书推荐榜”“新书点评”，有时还配有阅读提示和小漫画，字体稚拙，饶有趣味。这些关于书的提示让人沉浸在读书淘书的氛围里，心里装满期待。儿子喜欢刀锋书店。他到书店，会直接到熟悉的少儿图书区找喜爱的书，一屁股坐在地板上低头读书。有次，一本关于恐龙的立体书，让他好像梦回侏罗纪的森林里，邂逅各种各样的恐龙，整个午后沉浸其中。好几年，每到周末，儿子总会缠着要去刀锋书店看书——每到离开刀锋书店，他也总要讨价还价让我买一两本他喜欢的书。刀锋书店成为他这个桂林小市民最爱逛的店。在这里，他买了绘本，能和小伙伴们一起读“罗拉的爸爸是个火车司机”的故事，能讲绘本《红楼梦》，和相识不相识的小学生讲到《红楼梦》里的人物和情节，讲到《红楼梦》里的人物关系，颇有趣味：比如王熙凤是贾宝玉的什么人之类。小小年纪，能有这样的话题，旁人听来很有意思。有一次，儿子翻到接力出版社出版的“自然”书系，其中有一本《草莓》，他看了好久，后来他告诉我一个秘密，用手指搓一搓草莓图片，手指上就留下草莓的香味。他开心得不得了。我在书店里可以看到各个出版社最热销的图书品种，各种文化典籍、各类最新出版的小说散文。在这里，我买了托尼和莫琳夫妇的《当我们旅行：Lonely Planet 的故事》，买了不同版本的世界地图、多个版本的各地旅行图书，也从而了解到国内出版社的图书的新选题。

书店临街的落地窗内，临窗辟出读书区，有敦厚的木桌木凳，十来个座位似乎总是满座。窗外的绿荫在玻璃窗上洒落阳光。买了书，读者可以进入读书区阅读。没有买书，只要点一杯几块钱的红茶，读者也可以打开笔记本电脑边读书边做笔记，也可以写点东西，看看稿子，在开着冷气的书店里消磨一个下午。态度温柔的店员会时不时为你的茶杯里续开水。

书店安静，背景音乐淡远得似有似无，书香在淘书看书的安闲时光中流溢开来。有了网络书店，几乎所有新近出版的好书都可以通过网络买到了，还有优惠的折扣和周到的配送，而如刀锋这样有个性的实体书店还能给爱书人什么呢？我想，就是这令人心动的读书的氛围，亲切安详地和陌生人一起徜徉在书里的会心默契吧。窗外流淌的漓江、远方起伏的青山、枝叶繁茂的香樟、一地的阳光……这些，网络书店不会有，而这里有；那个背着背囊、携着一根登山杖靠在藤椅里读书的外国老头，网络书店没有，而这里有。

“一把刀的刀锋是很难越过的，所以智者的解脱之道是很难的。”这是《刀锋》书前引用的《奥义书》里的话。面对现实生活的逼仄与对现代人精神的挤压，书店或许就是让精神穿越的一个缝隙。相似的城市书店我去过的有杭州西湖边的晓风书店、南京五台山的先锋书店、南昌洪都大道的青苑书店，这些地方因为有了这样的书店而有更多的味道。晓风书店的女老板来桂林旅行的时候，我们在简单客栈接待了她，谈到做书店的辛苦与快乐，都在她温婉的微笑里。先锋书店的钱晓华在广西师范大学出版社出了一本书：《先锋书店：大地上的异乡者》。这样一本谈书店的书也让读者喜欢，成为这家书店的畅销书。钱晓华说：“书店是我生命的诗歌。”他的先锋书店开在地下车库里，从大门向下纵深走下去，竖着书店信仰的标志。书店向下，精神上行。这样一个书店，得到叶兆言等老南京文人的喜爱。先锋书店店面大，在那里能放黑白电影，随便走进去，可以读书买书看老电影。那里也经常举办读书人的各种主题沙龙。

在桂林读书圈谈到刀锋书店，大约类似在南京谈到先锋书店，在杭州谈到晓风书店，在台北谈到诚品书店。我是做出版的，知道做书店的艰难，赚钱不容易，大多仅仅够维持运转而已——好在政府开始对实体书店免税了。

我至今不认识刀锋书店的老板。能够用毛姆的这本书的书名作为书店的店名，我想他是个有思想的人。作为编辑和爱书人，我对刀锋书店的老板、店员心怀感激。幸亏有刀锋书店，桂林滨江路漓江边不只有旅行社，不只有按摩店和咖啡馆。

2014年6月18日

# 徒　步

周六一早，背着背包拄着登山杖参加一个户外俱乐部的徒步活动。

驱车两个多小时，到灵川的兰田乡。一路流动的绿色让人想到一个词“流光”。速度不同，风景不同，色彩似被涂抹在一起，成为一条流淌的绿河。经过九屋，镶嵌在山间的金色寺庙在晨雾里时隐时现，恍如彼岸。进入兰田境，车下山涧激流清澈，巨石突兀。打开车窗，带着雨点的山风扑面而来。

在一个吊桥口，下车过桥进山行走。桥下水流湍急，岸崖上的花树簌簌落下细小的花瓣，缓缓飘落山涧。

过了桥，沿着牵牵绕绕的树枝藤蔓挤出的山路行走。山里的空气麻酥酥的，清冽的薄荷，苦闷的艾草，厚道的菖蒲，刚好炮制出香粉气的玉兰……各种杂树草花的气味，如山里若隐若现的小径，让人迷醉。很长一段山路，身边是一条蜿蜒的石渠。石渠里的水清澈欢快，一直陪伴着我们。抬眼望，远山绵延，是越城岭的余脉。细雨中，一抹山影，融入天际。近山嫩绿的竹海浮动着淡淡的烟水气。

上山下涧，登山溯溪。山路越来越难走。此次参加徒步的三十来个人，多来自桂林市，也有来自湖南长沙的十几位户外爱好者。领队小贝是户外专家，在前面探路。由于连日下雨，溪流涨水，淹没溪里的石头，有的路段得涉水而过。水汽氤氲，青苔遍布，山路湿滑，让人走得歪歪斜斜。徒步一个小时后，我感到热气从后背蒸腾起来，五脏六腑好像在做瑜伽。呼吸之间，能感受到身体在行走中的变化：微醺的陶醉，把清晨初醒时的疲惫倦怠感随着汗水排出体外。背囊按压着背，登山杖探着山道的深浅，意识只在一步一趋之间流动。走着走着，有渐入禅定的感觉，脑子放空，没有一丝牵绊，烦恼远去，只体会到呼吸的凉热和脚步的轻重。

这样走着，我看到清流一脉的石渠罩着一大张蜘蛛网。蜘蛛淡定地隐身其中。我听到竹鸡咯咯咯地鸣叫，似乎它们就在我脚下的竹丛里。我还听到斑鸠呼应，知了长鸣。这些声音被山里的寂静放大，清亮纯粹。我遇到一只手掌大的山蛙，在石崖里瞪着眼睛看着我，并不逃遁。

我穿的袜子出溜到了脚底。脚后跟磨着硬硬的登山鞋后帮，开始有一些灼烧的疼痛，在行进途中，无法停下来处理。于是，行走山路，脚跟便如烤着一团小小的火苗。背囊越来越重，登山杖越来越管用。汗水湿透了腰背。暂时驻足，浅浅抿一口水，畅快淋漓。

长沙的男女老少呼应着唱起了花鼓戏的调子。这让徒步有了一些家常走亲戚的戏谑和欢快。他们专程来桂林旅游，但是不愿意走寻常的旅游线路，找到了桂林当地的户外俱乐部，参加桂林人的徒步。他们觉得这样更能体会桂林的山水和风土人情。我们参加的这个户外俱乐部，是桂林市众多户外俱乐部的一个。日前有一个两千人的QQ群，组织桂林周边的山野徒步和各种户外活动，也组织茶饮、读书会等会员活动。在一些节令，如七夕，甚至还组织相亲活动。据领队小贝说，通过这家户外俱乐部，已经有十二对会员结为夫妻。这些夫妇中有些孩子也已经长大可以参加户外运动了。类似的户外俱乐部桂林不少。桂林周边有丰富的户外活动资源：山，有越城岭余脉，层峦叠嶂，山中树木蓊郁秀美；水，有漓江源头和活泼可喜的山间溪流，清澈明丽；而野生动植物之丰富，进一个山，就走进一个充满生机的世界——随便一道沟，就是一个各种动植物生存其间的完整的生态系统博物馆。每到周末清晨，三里店大圆盘成为自发的户外活动集散地，背包徒步客云集。乡村中巴在这里揽客，把他们送到各个徒步线路的起点。

在山里行走了两个来小时，开始看到远山几道银亮的瀑布，看到掩映在竹丛里的村寨的木楼。走进村寨，徒步者各自找农家中途休息。我们一家和三位同事、几位长沙来的徒步者敲开一家有面向山坡的院子的农家，起初，我们怕打扰主人，只想在院子里打开户外煤气灶煮路上采的野菜做汤，炒几碗蛋炒饭吃。男主人敦厚而诚恳，邀我们进屋坐；女主人烧开水给我们喝。我们于是在客堂打火煮汤。山里的水真甜，煮的汤只用一点点盐，味道便非常鲜美。主人一家在灶房围着炭火打边炉吃午饭，并邀请我们一起吃饭。几位长沙客人没有带户外煤气灶，便过去一起吃。同事借了主人家的锅灶和猪油炒了蛋炒饭，香气扑鼻，大家吃得香极了。和男主人聊了几句，知道这家姓盘。我说，是瑶族啊！我有个姓盘的朋友就是瑶族。瑶族好客，知书达理。男主人的父亲七十多岁了，穿玄色衣裳，有些驼背。老人和颜悦色地让我们随意吃他们种的蔬菜，随意喝茶。我的同事们忆起有一次徒步到深山的农家，主人给我们打油茶喝。乡村淳厚的民风，让人感动。盘家人淳朴自然，平和而有礼。长沙客留下了电话，请主人在长沙读大学的女儿打电话给他们——就把他们当亲戚和朋友。

吃了饭，喝足了甘甜的山泉煮的茶，起身与主人家道别继续赶路。一路山溪，一路瀑布，还有层层叠叠灌了水插了秧的梯田，倒映着天光云影。

计步器显示，这一天在山里走了19689步，有十多公里。

2014年6月24日

# 拔 罐

老樟树下的灵剑溪，水草在污浊的水里浮动。溪边山崖直立。每到圩日，崖下挤满了卖草药、拔火罐的民间草医，见缝插针拥挤着卖旧书、卖老古董的摊子，也有光头黄袍的真假和尚，簪发长衫的真假道士摆摊卖卦。

有几年，我几乎每天到江里游泳，沾染了寒气，一开春就身体困倦，于是经常到六合圩拔火罐。带着儿子骑车到山崖下一棵树下，找到拔罐的摊子。草医姓王，贺州人，大脸庞晒得黝黑发亮，相貌有些狰狞，五短身材，穿一件破旧的黄军装，凌乱的头发上沾着草梗，眼睛陷进鼓出来的眉骨下，亮光微露，显得有点儿精明的犀利。我坐到小木凳上，儿子看摊上摆着的草药问东问西，我这边已经脱了上衣光着膀子。老王用一根铁丝挑着一团棉花蘸上酒精点燃，大小不等的竹罐被火焰烧成真空，一个个压在我肩背上，皮肤收紧，肌肉紫胀，疼痛如波浪般一阵阵袭来。竹罐粘满肩背。这个时候，儿子看看我，说我活像一条背上长满角的剑龙。

拔罐使用的罐子也有角罐。老王的角罐是自己用水牛角做的。用得多了，油黑发亮，粗粝中有润泽的质感。走罐，王草医用角罐。走、闪、摇、按、提，一气呵成。我在一个闷热的圩日看到过王草医手指翻飞、闪转腾挪的技法。挑着一大担子菖蒲艾叶的中年农妇在日头下晒久了，热气蒸腾中，倒地休克。王草医被喊了过去。他让旁边的人帮扶着让农妇趴在艾叶堆上，用牛角罐点火在脖颈上走罐。不一会儿，农妇的脖颈出现一道青黑。老王又在农妇的小腿外侧走罐，小腿外侧由鲜红色渐渐变成暗红色。老王拿出一把三棱针，在火上燎燎消了毒，用酒精擦擦，在农妇的膝盖窝里刺了两针，放出一滴黑血。几分钟后，农妇醒转过来。老王问她是不是天不亮就起来割艾叶菖蒲，暑湿交加中了痧气。农妇说前几天忙农活，当天赶着在端午前割些菖蒲艾叶挑到圩里来卖，没有想到中了痧，一早肚子难受，吃不下东西，为了生计还是挑了担子走了十几里路，头一晕就倒下了。老王问，菖蒲艾叶能卖多少钱，农妇说百来块钱，分成小把卖钱还多点儿。老王拿来一小瓶药水给农妇，和她商量：她的痧气重，得回家躺躺。她是不是愿意把这担子菖蒲艾叶以六十元批发给他。农妇想了想，同意了，拿着扁担道了一声谢便走了。

老王继续给我走罐，说我在他那里拔了几次罐，痧痕逐渐淡下来。他和我随意聊几句，可以停一段时间再拔，拔罐拔多了也消耗气血。我问他那农妇的情况，他说暑热湿气中了痧，在大椎、足三里走走罐，在委中穴刺刺血，放血泻毒，就能解决问题——又让她趴在艾叶上，艾叶本身就是清湿热的，《本草纲目》说是温中、逐冷、除湿，在上面趴一会儿她也就好多了。如果还难过（难受），可以把嫩艾叶在石臼里捣出汁水给病人灌下去，可以除腹内恶浊。“百草都是药，身体里也都有药啊！”他把我背上的罐子一个个起下来，开始按摩罐子拔过的地方。他的按摩手法粗犷，直接用短粗的手指头搓摩穴位，大椎、肩井、身柱、灵台、命门、长强、曲池、手三里……拔罐后的紧绷在按摩中骤然放松，如长路跋涉后在香樟树下饮一杯酽茶，凉风习习。老王谈到山里的苗族老医家的按摩手法能让人“过阴”：一下子失掉意识，如同到另外一个世界一样。手法好的按摩师让人“走阴”，可以起阴回阳，治阳虚大病。老王聊着天，一边去翻晒翻晒买下的那堆菖蒲和艾叶。我问他怎么卖这菖蒲艾叶，他忙里偷闲吸一口烟说，哪里有空卖！等晒干吧。

拔罐，我光着膀子坐在小凳子上要静坐十几二十分钟。拔好罐按摩好，付账，八块钱。

抬头可以看见祝圣寺的红墙砌在山崖间。灵剑溪上垂柳扶风，倒挂在溪水上。水边有居民开垦的菜地，种着丝瓜。药摊旁边是喧闹的茶棚，打字牌的老人们喝着茶，一过就是一天。肚子空了，花三两块钱就能叫路边的米粉担子、豆浆摊送来吃的。

阳光懒洋洋地落在山崖上。溪水里的鸭子欢快地游来游去。

过了几天，天热起来。我去逛拔罐摊，看到老王在卖泡浴用的草药：草药打成了细碎的粉末，用红塑料袋包成小包，在红纸上写着毛笔字做广告：“泡澡浴足，清热解毒，祛湿除疹，三元一包。三包能见效，十包保安康。”我一闻，艾叶菖蒲的清苦味扑面而来。

原来老王把六十块钱买来的那一大担子艾叶菖蒲晒干，又花了二十块钱用草药铺门前的电磨打成了碎粉，分装了卖。圩日卖出了两三百包，赚了好几百块钱。

2014年6月28日

# 擦地板

每天早上，我晨起洗漱后做的第一件事情是擦地板。先用擦地毛巾粗粗擦一遍，顺便整理房间，再把毛巾浸水洗净拧干，仔细地擦地板的每一个角落。楼梯、阁楼都擦一遍。地板被擦出光亮的色泽，光脚踩在上面很舒服。时间长了，地板擦出一层光润的油亮——每天清晨擦好地板，坐在干净的地板上，像坐在荡漾着碧波的海水里，心里宁静安详。

如果每天这样擦地板，擦地板好像也算不上多重的活儿，最多半个小时也就擦好了。

擦地板过程中，也对房间的陈设会有一些想法。最适宜居住的房间我觉得是简约朴素的房间。繁复的陈设，有时让人心浮气躁。日本民艺理论家柳宗悦谈到生活器具：“每天使用的器具，不允许华丽、烦琐、病态，而必须结实耐用。忍耐、健全、实诚的德行才是‘器物之心’。”而对器物的清洁、使用，则使物变得更美。比如一座老房子，越住越有安顿身心的感觉；一座老城，越老越有自己独特的魅力，不同于其他城市的格调和气息。

多年前，我走过新疆库车。在龟兹古渡租一挂驴车走在高大杨树里的乡道上，一路走进老城。黄土路上移动着天空白云的阴影，杨树拍打着干燥的声音。这座类似中亚古城的小城出现在晃动的驴车里。城市的天际线就是这个小城的独特剪影。而今，听说新城建设初具规模，十年间高楼林立，古城似乎消融在夕阳里。而古城，是居民千年生息繁衍之地。土墙灰石，留着先民的遗泽。或许那墙角的蚂蚁都在这里生息了几百上千代。这里散发着孜然洋葱羊肉的味道、烤包子的焦香、烈日晒在驴子身上的煳味。驴子在墙角撒出一泡气味浊重的尿。这一切，形成独特的库车老城的整体气息和影像。

二十多年前这次库车之行，在老城的旧货摊上，从一个戴白花帽的维族老人那里，我花八十元买到一个锈迹斑斑的老铜壶。厚实的铜壶坯沉甸甸的，中亚风格的植物花纹，古老模糊的中亚文字，隐藏在黝黑的有些磨损的壶壁上。这壶或许在沙漠黄尘里流浪了很久，饮雨沐风若干年。初买来这个壶，我把它随意丢在窗台上，偶尔应时令插一两枝初绽的花。后来，我无事时常用旧毛巾擦拭这个老壶。几年下来，老壶被擦去了污垢，逐渐显现出古铜柔和的光亮。又用了一两年时间擦老壶的内壁，直擦得油光水滑，泛出铜器沉着纯净的质地。有一回，一位西北的长者来访，我用这铜壶泡茯茶给他。他吃惊地摩挲着这壶，问了出处。沉吟良久，他说，从模糊的铭文上看，这是萨珊王朝的东西，流落在丝绸古道上。这个萨珊王朝，是波斯古国，公元三世纪时灭掉安息王朝而建立，经历四个世纪，直到我们的唐朝前期。算起来，匠人打造这把壶，至少是在一千四百年以前。如果这壶是真的，就是丝路上重要的文物。“作为古董卖，国际上的通行价格目前是——”长者沉吟一下，说出一个令人咋舌的数字。可惜经过我的经年累月的擦拭，他一时无法判断这古董的真伪：“这宝贝，让你擦成随意使用的日常器具了。”

我却并不觉得可惜。这古物，经过我的把玩，如盘一块玉，日日摩挲，把我自己的心性摩挲进去，盘出带有我的气息的包浆，它才是“我的”。与我相关的物件，能融入我的生活，成为我的生活的一部分。这与值多少钱没有关系。

家居也是如此。好的新居固然可喜，更可爱的还是安适的旧居。我每天清晨跪着擦地板，有时有汗水滴在地板上，木地板的纹路变得清晰，每天生活的肌理也变得简单而清晰。此时，家人还在安眠，我可以听到窗外生长的植物渐次苏醒。

慢慢地擦木地板，日影泻在地板上。

把木地板上淡淡的水渍擦干，真是件愉快的事情。

2014年7月20日

# 理　发

儿子大约两岁的时候，他妈妈出差，我一个人带他。我看他头发长长了，就想帮他理发。

那是夏天，天气热。我抱着儿子，脱掉他的上衣，让他光着膀子。在卫生间里，我用肥皂泡沫打湿他的头发。这时，他反应过来，看着镜子里满头泡沫的自己，不知道怎么回事，两只眼睛滴溜溜地看着我，很警惕的样子。我先用剪刀剪了几把，再把我的剃须刀换了个新刀头，开始剃他的头。头发长，剃得很吃力。儿子看到头发一缕缕刮下来，吓得小脸一皱，哭起来，浑身扭动起来，试图挣脱我的怀抱。我怕伤着他，不得不扬起拿剃须刀的手。肥皂泡沫、碎发屑、泪水，淌在他的小脸上，他一下子成了小花脸。他哭号得声嘶力竭。

我被他折腾得实在没有办法了，只好妥协，放开他，不剃了。把他放倒在我的腿上仰着头，用温水冲洗他的头发。洗好后我一看，差点儿笑喷：儿子长长的头发被剪得长短不一，还被剃须刀刮出了一块块青皮，活像古代匈奴兵的模样。这样怎么能出得了门！擦干他的头发，我抱起他。他看着镜子里陌生的自己，又哇地哭了起来。我狠狠心，抱紧他，继续剃头。他无助地哭着。哭着哭着，不哭了，他睡着了。我趁机加快剃头的速度，把他的头刮得干干净净，活脱脱一个小和尚。待他睡醒，看着镜子里的光头，满脸狐疑地看着我，挣扎着不让我抱：我也用剃须刀给自己剃了光头。他有点不认识我了。

转眼儿子十岁了。前几天开始放暑假，外婆要他去理发。我说，出去理发要十几块钱呢，还是我来理吧。儿子自然不干。我只好和他商量，出去理发要十块钱，要是你让我帮你理呢，我把这十块钱给你，由你支配。儿子想了想，问："可以买冰棍吗？"我说可以。于是，他想了想，为了冰棍，决定答应我给他理发。我让他仰卧在床上，用电推子给他剃了个留了半厘米发根的头。按照他的要求，在额头修了一缕俏皮的刘海。看着镜子里的自己，他觉得这发理得很帅。

倒给他十块钱的事情，他倒忘记了。

很多年了，我一直给自己理发，夏天在卫生间，脱掉上衣光着膀子直接用电推子推，理完发就冲洗；冬天围一个围裙在阳台上自己给自己理，理好了把一堆碎发埋在花圃里做肥料，花会长得很鲜艳。

现在理发的价格越来越高了。

十几年前，三五块钱就可以在理发馆理发。让我感到最贵的是在上海待的那两年，2006年的时候，理一次发要几十元。桂林的理发价格，相比上海是比较低的。到现在，街面上一般的称得上美容美发中心的也要几十元了。七星路上的老理发店，最早的"人民理发店"，现在叫"东亚理发店"，理一个普通的平头也要十多块钱了。价格低廉的理发摊，是在偏僻的小巷子。比如在将军塘畔，榕树下，枝头挂一方斑驳陆离的镜子，一担破旧的工具箱，一位头上顶着白发的老人弯着腰给人理发；比如在会仙路的小巷子，一个两三米长、半米宽的台阶上，斑斑点点的灰墙上悬一面小镜子就成了理发摊，中年理发师头发倒是黑而浓密。街头理发摊点上理发，十年前是两元，现在是四五元。这些摊点的理发师是真的靠手艺来理发。我以前经常去六合路灵剑溪口那里的理发摊上剃光头，一袭污迹斑斑的油布围在脖子上，剃刀刷刷刷从头上刮下，有种与世疏离的决然，清凉而爽快。眼前榕树掩映着巨大的摩崖石刻“静江府大都督”。溪水里漂着污浊的垃圾，桥墩下还有人在洗衣裳。这理发摊，剃光头只要四块钱。理发师也能理分头、大背头，染发焗油，大约是七块、八块。

去那里，一般是周末，骑着自行车驮着儿子。我理发的时候，儿子蹲在旁边看旧书，到榕树里找嘶鸣的知了。我让他理发，他坚决不愿意。好像连哄带骗，他不情愿地理过一次，就再也不愿意去了。他不愿意拘在那破烂的摇摇欲倒的藤椅里。

到这样的理发摊理发的多是中老年人。理发摊点的理发师手法传统，理完后，新头下是一脸的憨厚，正如陕西人讲的“新头三天坎”——所谓“坎”，是方言，亦即桂林人说的“哈”，傻气也。街头露天设摊的理发师傅有的还会几招采耳、头部按摩的手法，给几块钱，理发师就会拿出鹅毛棒、鸡毛棒、竹耳勺、耳扒子在你的耳朵里鼓捣好久，最后在你耳朵里来一个清亮的铜钹声，让你魂飞天外后，过不知许久，又跌落在这“静江府大都督”岩崖前的破藤椅里。

年后，嫌我去地摊理发邋遢，为了有个好形象，儿子妈妈拉我去三里店大圆盘的一个美发中心理发，没有问价钱就坐下来理发。后来才知道那里是有各种级别的“设计师”的。随便找了个理发师，简单洗头，五十元。——形象倒也没有因为这高价而“高大上”起来。

于是，我更愿意自己在家里理发。买来一个能充电的电动推子，就省事多了，十分钟能给自己剃好头。有时更简单，拿把梳子用剪刀贴着头皮剪发，之后用吉列剃须刀刮，刮得满头青皮，穿件宽大的黑色 T 恤衫，就像一个剃度了的法师，与现实的自己暂时有了一种形象上的“隔离”。

当然，过不了十天半月，头发长起来，我也就又回来了。

2014年8月28日

# 器　物

夜深人静，我用柔软的毛巾擦拭一把铜壶。铜壶是手工制作的，壶面上有斑斑点点的敲打痕迹。随着毛巾的擦拭，斑点闪出温和的光泽。铜这种金属与人体有一种亲和性：握在手里，体温就传导到壶里了。这是把老壶，已经摩挲出内敛的流光，犹如陶瓷釉质。用毛巾擦着擦着，内心会越来越平和。通过这把壶，我好像穿越到古代一个作坊，自己是西域丝路上一个埋头制壶的匠人。

二十世纪八十年代，我读高中的时候，我的历史老师姓姬，大约是周公的后裔。可老师相貌四方大脸，头顶旋发，高大端庄，不似中土人种，颇有印度高门贵族气质。老先生是“文革”前北大毕业生。他通过负责耀州窑考古工作的北大校友，得到关照，带领我们几十个学生去黄堡镇参观刚开挖的耀州窑。学生们拥挤在一个大棚里，木架上是唐时的黑釉、白釉、青釉、茶叶末釉和白釉绿彩、褐彩、黑彩、三彩陶器，有碗、盘、罐、壶、炉、枕、钵等各种各样的生活用品，也有各种佛像人物。姬老师指着一个仕女人物陶瓷俑说，烧制这位女史的时候，玄奘正在离耀州窑二十公里外的玉华宫里译经。姬老师又转身指着一个黑釉瓷瓶，这泛着黑色亮光的瓷瓶，瓶形就是当时审美趣味的体现……猝不及防的清脆碎裂声打断了老先生的解说。一位女同学不小心把玄奘译经时出世的仕女陶俑撞了一下，掉在地上碎了一地。

姬老师目瞪口呆。

那女同学受了惊吓，急转身一不小心又碰掉了一个宋青瓷立瓶。

我清楚地记得姬老师屏着一口气，好久说不出话来。

很多年以后，我才知道，那些刚出土的没有瑕疵的仕女俑、青瓷立瓶都是国宝级的文物。

姬老师感叹，唐代匠人制作这器物忙乎了那么久，藏了一千多年，就为这女学生听这一声清脆的声响。

我记得那位女同学是陕北人，身材高挑，肤若凝脂，鼻子挺拔，不似关中人。我想，这女同学是不是匈奴的后裔？匈奴在唐时分布在哪些地区，与唐经济关系如何，后来匈奴又去了哪里？那个制作陶瓷的工匠有什么样的经历，最后流落何方？

我高考的时候，全国统考题目是给材料作文：一个喜欢历史考古的学生，父母为了现实，希望他读“实用”的财经专业。要求考生就此问题写作文。在考场里，我耳边响起了陶瓷破碎时的脆响。我写了一篇作文，以一位唐朝陶瓷匠人的身份讲那两件耀州瓷的故事，讨论了“实用”的问题。据说，我的高考作文得了满分。

前几天，我在七星路的家乐家具市场看到一套家具：老榆木的矮桌和四个小凳子。原木桌凳采取古法榫卯结构，精巧藏在内敛的格调里，既有明式家具的精细雅致，又有民间木器老工艺制作的质朴自然。导购的小伙子说，这套家具是老匠人手工制作的。我摩挲着原木桌面，坐在小凳子上，想象在一间靠山的平房里，有这么一套简单的家具，偷闲在窗下抱着我那把铜壶喝茶，翻翻闲书，那趣味或许不错。当然，窗外如果有一棵老榆树就更有味道了。

铜壶、陶俑、瓷瓶、原木桌凳，这些器具，我想，能让现实中浮躁的时光慢一点儿的原因，是经历了时光的沉淀与人的摩挲，能变得越来越平实亲和，得以流传下去，即使结局如那两件耀州瓷一样只是一声脆响。

我有一位同事，在单位做行政工作，忙于处理各种繁杂的事务。而忙于工作之余，他在漓江边和朋友敲鼓。羊皮鼓在他的手里变成一只机灵的小兽，活蹦乱跳，快乐无比。我觉得那是我这平时谨言慎行、略显拘谨的行政部同事激越和浪漫一面的外化。而这简单的器具——羊皮鼓，经过数年数十年的敲拨，浸润了他的手泽、他的快乐和忧伤，在其个人的生命经历里，绝非器物本身的外在价值评判所能衡量。

我周围的同事多喜欢阅读和行旅。我曾经和同事闲谈到一本令我颇有启发的书:《大中东行纪》。书的内容是讲古丝绸之路文化交融。作者是在香港城市大学做过校长的张信刚，一位生物工程专家。书中讲到文明的碰撞和融合。后来，在广西师范大学出版社“理想国”活动中，我听过张信刚“丝绸之路上的驼铃声”的讲座，从唐长安直接连接到地中海沿岸，从文字、语言和器物的碎片考察人类精神的交流，很有趣味：读者会想，我是不是前生从这条路上走啊走，一直走到现世？

“长风几万里，吹度玉门关”，行政部另一位同事喜欢独自远行，走了很多地方，见过各种各样的人，见过各种各样的器物——她的器量、气质也随之变化。人能造物，物亦能移人。我喜欢在村镇间徒步行走，喜欢逛北方的“集会”，更喜欢观察各地“集会”上的手工器物，比如山东农村集会上的秸秆编织品（淘箩、篮子、筐子、摇篮，等等），河北农村集会上的手工铁器（除了农具、炊具，也不乏对生产并没有什么“实用”价值的玩意儿：牛脖子上挂的铁铃铛、老农喝茶用的简朴铁茶壶、铁杯），陕北农村集会上的荆笆筐、陶器、布老虎，诸如此类。

有一年，远行到东非大峡谷边沿的树下，我和一位朋友躺在帆布躺椅里，俯瞰峡谷下的大草原。

晚霞里，铅云如远航的舰队驶过我们的头顶。天空幽蓝，展开穹顶星图。天幕布满密密麻麻的星星。草原上蚁群似的角马阵消散在暮霭里。峡谷边缘的合欢树转眼变成一张张镶着晚霞金边的剪影。微风拂过，高原的清凉与草原清新的气息让夜色变得宁静。在这样的天地之间，似乎只有我们两个人在倾听峡谷的声音，张望辽远的与草色难以分辨的火山湖泊。天地成为一个器具，安稳地盛放着人的、各种动物的思绪以及不同的命运。

天风鼓荡。树上的红花一簇簇飘落在我们身上，飘落在草地上。

几只斑鬣狗在山崖边的草丛里探头探脑。

此时，身后峡谷酒店的花园，一群非洲土著欢腾着敲起非洲鼓。鼓声毕毕剥剥，如在炒一锅黄豆。一只手鼓，哪里能装得下他们洋溢的快乐和勃发的生机！

2014年11月8日

# 木　槌

农贸市场出口有个卖恭城油茶器具的摊子。这家摊子卖油茶锅、锅木把手、藤编笊篱、油茶木槌，也用大麻袋装着好几麻袋品质各异的山野茶。摊子里还摆放各种小型石磨，配油茶的乡村糍粑、油果之类，此外，还有一些恭城的特产。看摊的一般是位个子不高的小伙子，操一口恭城话。有时，一位年长的妇人替换小伙子看摊，一位年轻的妇人有时也在摊位上帮忙——看样子是一家人。

这些工具带有手工制作的痕迹。我喜欢生铁铸的油茶锅。乌黑的圆铁锅，直径不到一尺，锅左边沿上有一个鸭嘴状豁口，便于倾倒茶汁。铁锅的柄铸空，插木把手。整个铁锅手感很好。藤编笊篱疏疏朗朗，藤的质地让人感到清洁柔和。各种木质的油茶木槌握起来手感不同。小伙子作打油茶状让我看，说起选油茶木槌的标准：木质硬度高，手里握着舒服，槌头沉甸甸的油茶木槌好使耐用。我没有打过油茶，但这烟火气十足的油茶工具让我喜欢，想想备下姜葱蒜花生芝麻，煮开老叶子茶，用陶制的擂钵打将起来，在寒风中热气腾腾地煮开，撒下葱花，来上三碗，那该多有味道！于是，就买了一套回家。在摊子里没有见到擂钵——陶制的擂钵以前杂货铺就有卖的。是不是简化了，直接在油茶铁锅里擂茶叶，我没有来得及问。

油茶木槌用沉甸甸的茶花木制作，神似印刷体的阿拉伯数字7，只是头略短，器形规整。买菜回家的路上，我把这套家伙丢在路边草坪上拍了照片。正是黄叶飘零的季节，叶子悠悠落在锅里，看上去很美。

也是叶公好龙，买这套工具已经一个多月了，我还没有闲下来擂起油茶，邀亲朋好友喝上几碗，倒是油茶木槌又买了好几把。

第一把油茶木槌杂木制作。所谓杂木，大约是山林里不知名的树木砍下来制的，槌头硬实，色泽暗淡，显得纯朴，和油茶铁锅、笊篱、木柄一起收在厨房储物柜里了。

买第二把油茶木槌是几天后。我买菜路过这油茶器具摊，小伙子笑吟吟打招呼。我看到一把与众不同的木槌。这把木槌比普通的木槌要大，用手约莫量量，有一尺七八寸长。木质倒不硬，摸上去有点儿柔和。嗅一嗅，有淡淡的清香。小伙子摸着木槌和我聊天，说这把木槌是柚子木做的，指点我看微微呈喇叭状的槌头，赞叹道：木质多细腻啊！柚子木有清香味，打出的油茶气味纯正，油茶带有柚子木的香味。我被小伙子言语里的神秘柚子香打动了，买了下来。是不是真有柚子香呢？姑妄信之吧。小伙子好像看到我的怀疑，沉吟了一下，说，真正的乡下油茶是天天打的，一把油茶木槌打的时间长了槌头就磨得越来越短。木质的好坏，精于此道的人能喝出来。

我握着油茶木槌一路走一路把玩，不经意间捶在膝盖下的足三里穴上。酸胀微疼，但很舒服。阳光正好，蓝天如水，街边的枫叶在风里轻轻摇晃。我索性坐到卖草药摊子边的石凳上晒太阳，看头顶帕子的瑶族老妇卖各种各样稀奇古怪的草药。我认识的只有清热解毒的金钱草。老妇看着我用油茶木槌敲打自己，也觉得稀奇，冲着我笑。

回到家，我就把这把柚子木槌放在书房，时不时看看书桌上的经络铜人，敲敲膀胱经，捶捶足三里、承山、委中、三阴交这几个穴位。木槌用得很顺手，敲打敲打身体很解乏。几年前走路爬山多，腿部容易劳乏，这两年很少攀登野山了。使用这柚子木槌，每天敲打足三里，也敲醒了我的野山梦，我又试着开始攀登七星公园普陀山的几个山峰。摘星亭南面的山峰不知道叫天璇还是天枢，目测是七座山峰中的最高峰，我登到山顶再下到山脚，十八分钟内可以完成。登顶后，长风猎猎拂面而来的感觉犹如轻醉微醺，很舒服。

买第三把木槌是买菜不经意走过小伙子的油茶器具摊，我看到一把丑陋的木槌：木柄与槌头呈六十度的角，木柄是槌头自然生出的一个枝杈。槌头比一般油茶木槌大，还有结疤，木质粗陋；木柄就是一个树杈，不规整，带着没有刮干净的树皮。修治木槌的粗粝刀痕犹在。摩挲着木槌，乡野气息扑面。握着这木槌，好像我也刚从草木葱茏的山上迎着风走下来。小伙子说，这是尧山一老汉自己砍削的，土气，但就这么一把，随树木的形状修治，也挺有意思。要价十六元。我还价十五元买了下来。我拿起木槌就走，小伙子在后面喊我：“找零的五块钱忘记拿了!”

这个会讲柚子木清香和尧山老人故事的小伙子让我心情大好。

周六晨练爬野山，我口袋里揣着这柄木槌，披荆斩棘，登上一个没有登过的山峰，用木槌敲打敲打酸涩颤抖的小腿肚。下山的时候，遇到几个户外运动者，看到我口袋里露出的木柄，问我是不是山上的采药人。我偷着乐。

买回三把油茶木槌，还是没有用木槌捶打过油茶。

上个月，定居在加拿大的一位教授回桂林小住几日。门人弟子、亲朋好友请客，居然多是请教授喝油茶。教授说喝茶睡不着，但喝恭城油茶却很适应，睡得很好。我也请他在一家酒店喝油茶。酒店大堂里摆着全套的油茶器具，可以坐下来摆弄一番。喝了油茶，教授讲起来，还是街边的油茶小店更有味道——但最有味道的是学生请他去家里喝自己亲手擂的油茶。

看样子，还是要尽快尝试一下这三把油茶木槌，慢慢擂出山野茶叶的清香。

2014年11月16日

# 听　书

顶楼是个大平台。

周日午后，我披着一条毯子坐在顶楼天台的旧藤椅里晒太阳。这种感觉像下雪天泡在温泉里。太阳光像温暖的水波漫过双脚，又漫过双膝，一直漫到手掌、指尖。楼下花圃里蜿蜒生长的葡萄藤在寒冷的天气里从枯黄的老叶片下挤出藤蔓，芭蕉卷开嫩绿的叶片。桂林的这个冬天并不冷。

顶楼是我住的这栋楼的公共平台，有一两百平方米，围绕着半人多高的护墙，红瓦斜屋顶，没有任何装饰，也少有人来。我住在顶楼，上天台方便，于是，把家里淘汰的两把旧藤椅放到天台，提上来一把硕大的热水壶，这里就成了我喝下午茶晒太阳的地方。

坐在顶楼很舒服。天空湛蓝，纯净得如沉甸甸的蓝果冻。身体浸在阳光里，喝热茶，听评书。茶是昭平县产的红茶，捧在手里的是茶气浮动的暖香。

评书是单田芳的自传体评书《言归正传》。

单田芳讲的评书中，小时候我听过《隋唐演义》《大明英烈》，都是历史演义评书。单田芳沙哑的嗓音可以说是二十世纪八十年代市井文化娱乐的一个“声音符号”。直到今天，单田芳的评书还是令听众百听不厌。这一年多，单田芳的这部《言归正传》让我入迷。起初是在电脑里下载下来听，后来图方便就下载到手机里。忙里偷闲，比如在天气晴好的假日找一个独处的午后，有时在将军塘畔的石凳上，有时就在这天台上的旧椅子里。有一次，飞机晚点，在候机厅里，我一连听了六个小时十多回。

单田芳的父母是西河大鼓艺人。单老在书里娓娓道来，童年少年时代随父母游走江湖：在伪满洲国时代的辛酸遭遇，抗战胜利后长春无政府状态时期，内战时期长春围城的逃亡生涯，结束内战后家庭短暂的安宁欢乐，父母交友不慎或者说仗义疏财救人急难的江湖义举引来的牢狱之灾，少年单田芳北京探监，父母婚变，家庭变故和疾病导致他从大学退学；……“江湖”的场景在他的讲述中如电视剧般铺陈开来。单田芳讲这套评书时已是七十多岁的老人。这部书道尽家国兴衰，个人荣辱，可以说是一个家庭和一个人的“国民生活史”。

单田芳略带沙哑的嗓音如普洱老树茶，味道醇厚，耐人品味。我听了三四遍《言归正传》。

第一遍我听的是故事。作为一部自传评书，情节跌宕起伏，故事环环相扣，只要听进去，就难以让听者放下。有一次，我去七星路老曾的盲人按摩店按摩，按摩的时候，我打开手机听这套书，听着听着，按摩师老曾也被吸引住了。当时，单田芳正讲到二十世纪七十年代中期他和家人逃亡在长春，流离失所，冒着严寒做小贩，在街头卖水泡花，饱受民兵、警察和无赖的欺辱。一个早上，女儿被抓小商贩的民兵抓去。卖花的钱和水泡花被没收，玻璃瓶被打破，可怜的孩子被民兵暴打，到下午才放出来。单田芳躲在街边角落，不敢去找，只能苦苦地等孩子出来。那时，女儿也已十七八岁，是知羞耻的大姑娘了。好不容易等到女儿出来，父女俩抱头痛哭。女儿抹了抹眼泪，为了一家人的生计，第二天继续去卖水泡花。听到这里，老曾也不住感叹，人活得多不容易！

第二遍我除了听故事，还听到大历史概念下的百姓日常生活组成的"小历史"，例如在伪满洲国时期的百姓生活情况。我留意到各个时期中国普通百姓的生活习俗和生活状态。比如二十世纪三四十年代的东北茶馆、年节，以至不同阶层的日常家庭生活。在单老不经意的讲述中，听者如身临其境，饶有趣味。单田芳讲述1944年的春节，通过他的声音，把我带到那个时代的年货市场、评书茶馆。到亲朋好友家里拜年，"买年货""放鞭炮""请财神"等场景在他的讲述中历历在目。我还可以从书里听出日本人侵占东北时期，在东北的殖民情况和日本人的生活状态。例如，伪满洲国时期，迁居中国东北的日本人的学校教育与中国人学校教育的不同之处，日本人对中国人的残酷欺凌和经济盘剥，日本战败后流落长春的普通日本人遭遇的苦难乃至虐杀。这些活生生的个人亲历的细节，单老的讲述能让听者反思战争、中日关系、民族危机等大问题。

第三遍听这部书，我带了一张八开纸和一支铅笔。画了一幅简笔东北地图，随着单田芳的讲述，跟随单家人的足迹，做一趟评书艺人之家的江湖之旅：齐齐哈尔、吉林、沈阳、长春、北京、鞍山、营口、海拉尔、密山、台安、杜大连泡……这些地方连成的曲线，留下了这家人的故事，也记录了一个普通的中国家庭的情感历程。去年秋天，我到沈阳，坐在旅游公交上，黄昏，经过北市场、三经路，恍惚中，我似乎看到七十年前那个叫“大全子”的孩子在这里度过的童年时光。我还专程去了沈阳北陵，在里面走了三四个小时，走遍了北陵的每一个角落。1974年4月27日，单田芳开始在这里奔走申诉自己的冤屈。由于四处流亡，单田芳无法正式安葬老父亲，他把老父亲的骨灰偷偷埋在北陵的一棵松树下。待他得到自由之身，却再也找不到埋葬父亲的那棵树。

从午后三四点的下午茶开始听评书，沉浸在单田芳语言构筑的世界里，不知不觉已是暮色苍茫。

些许寒凉随着夕阳西沉包围过来，我裹紧披毯。午后时光消融在说书人沙哑的声音里。

2014年11月28日

# 茶　店

晚饭后散步，走到穿山南路。这里开着一家家茶馆。茶馆门前的马路对面，是香樟掩映中的小东江。江风带来些许水草的味道。

走得有点乏，于是我们走进一家青瓦白墙的茶馆，想找口茶喝。进了茶馆，青砖铺地，小隔间里，一篓篓茶叶堆成堆，既是储存货物又是茶馆的装饰。店老板是位年轻女子，与我们略谈几句，选了一款茶请我们喝。慢慢品来，味道鲜醇，唇齿之间似有花香。店主聊到她的店专卖福建白茶，这种茶芽叶上披满白茸毛，加工时不同于绿茶的炒揉，而是直接晒干或用微火烘焙，让白茸毛完整保存下来。据说很早以前，这种茶传到日本，日本茶叶界还以为这茶是在月光下晒成的。在这有些古意的茶店里喝茶，品赏了茶叶茶具，和店主讨论了几句白茶中的“寿眉”是不是《红楼梦》里史老太君喝的“老君眉”。店主对大观园里的茶谱很有些了解，六安茶、老君眉、普洱茶、女儿茶、龙井茶，还有至今无法考证出产地的枫露茶，她一一道来，颇有趣味。喝了三杯茶，我们并没有买，道谢告辞。店主倒没有丝毫不悦的意思，还用绵纸包了一小包“寿眉”，让我们带回家去尝尝。

这些年桂林的茶馆开得越来越多。穿山南路临着小东江，似成了茶馆街。七星路、滨江路、德天市场也颇成气候。桂林所谓茶馆多是指卖茶叶的茶店。进得店来，茶馆老板多会烧水洗杯，根据茶客的喜好选茶泡茶，话多的多说几句茶话，话少的专心品茶。茶品三巡，茶客喝出味道可以买茶叶，也可以不买，店主大大方方把客人送出店，说一句“有空再来喝茶”——既是欲取先予的生意经，却也存一点儿大度的古风。云南普洱、祁门红茶、安溪铁观音之类的老“十大名茶”在桂林大多有专门的茶叶店，多装修得有点儿味道。很多茶客在自己心仪的茶叶店里有专用的茶杯，闲了就去喝茶聊天。傍晚随意在街上逛，看看茶叶店的招牌，也有些意趣。七星路西有一家茶叶店，我没有进去过。“安溪铁观音”的店招确实写得好，安稳而不失灵动的几个字让人能想见品茶的悠然。

数着茶叶店看店招，也看茶叶店里的茶叶商标，和店家聊聊关于茶叶的故事。这两年湖南安化的黑茶在桂林开了好几家店。最早是两三年前在德天批发市场，也是逛市场逛累了随意走进一家茶叶店。店老板拿出黑褐色的茶饼泡出汤色橙黄、带着一丝松果香的茶。店里有大竹篓装的散装黑茶，还有粗布袋装的“千两茶”。包装盒上印的商标很有味道。谈到安化黑茶的源流，老板从秦汉时期的“黑茶薄片”谈到明代西藏喇嘛大量收买回藏的有松烟香味的黑茶，谈到朱元璋赐号给“三十九铺茶馆”，安化黑茶的历史如同一部传奇。茶叶贸易，连接了川藏陕甘晋蒙。茶店墙上挂的电视一直在播放黑茶的纪录片。后来，七星路僻静处上开了一间门脸不足三米的安化黑茶店。远远看去，可以看见摆放在店里的“千两茶”。有一次我路过这家店，看见一位手牵着孩子，背着行李的老人到茶叶店门前讨茶喝。看店的小姑娘给老人的保温杯里倒了满满一杯茶。老人和孩子就坐在茶叶店门口的小凳子上喝茶——孩子用保温杯的盖子喝。

开黑茶店的老板一般来自湖南安化，多为退伍军人。

有这么多茶叶店散落在桂林的大街小巷，让人奇怪的是桂林似乎很少有稍大一些的成气候的茶馆——以卖茶水作为生意的茶馆。据老人讲，民国时期，桂林城有大小茶楼茶馆十多家。二十世纪三十年代水东门码头有家民众茶店，七十岁以上的老桂林人还有印象。我记得二十年前古南门的门楼上有个茶馆，在露天的老树下，摆几张案几，放几把藤椅、几个塑料热水瓶，坐在上面喝一杯苦茶，看波光粼粼的榕湖，可以消磨掉一段慵懒的午后时光。独秀峰下现在尚有露天的茶馆，是为爬山的游客准备的：下得峭壁直立的独秀峰，游客多唇焦舌燥，在缀满桂花的树下来一杯桂花茶歇歇脚，自然是惬意的事情。况且茶钱不贵，几块钱的样子。我不是游客，也欣赏这露天茶馆入秋后桂花的清香，曾经去喝了一杯茶。可惜，游人太多，闹哄哄的。起身时，裤子还被藤椅露出的小铁钉的倒钩挂出几个小洞。

张恨水在《啼笑因缘》里写过一个村野小茶馆，茶资便宜，茶馆的墙上贴张红纸条，上面大书一行字：“每位水钱一枚。”客人可以自带茶叶。当时的一枚铜板，购买力是现在的一块钱的样子。如果客人不自带茶叶，喝茶馆里的茶叶，这样的茶馆大约收三四个铜板，也就是现在的三四块钱。这是二十世纪二十年代的北京城乡接合部的乡野茶馆。

如果在漓江訾洲上有个露天的茶棚，茶具不求精美，开水煮过消毒便好。树下随意摆放几张简单的竹制茶几，几把竹椅，临着漓江，对面可见象鼻山。初秋的时候，藏在黄栌、苦楝的树荫下，喝几杯茶，聊几句闲话，想来是有意趣的事情。可惜桂林这样的平民化的茶馆已经难以寻觅，估计利润太薄，没有人耐得住几块钱几块钱挣这个小钱，也少有人能有那么多的闲暇时间消磨在这样的茶棚里。

2014年12月18日

# 糍粑

去菜市场买菜，看到卖油茶炊具的小伙子的摊位上，立着一根木杵，一米四五的长度，碗口粗细，两头粗中间稍细，打磨得光滑。过去握了握，沉甸甸的。小伙子讲，是用硬木料打制成，用来擂石臼的。旁边就有一个圆墩墩的石臼，形状如放大的粗笨小酒盅，双臂环抱大小。匠人凿石的痕迹像墨笔的飞白，齐刷刷，毛糙糙，线条朴拙。我拿起木杵捣了捣石臼，蛮趁手。卖油茶炊具的小伙子说可以用这套家伙做糍粑。

儿子很喜欢，我也喜欢，于是便把石臼和木杵买了下来。小伙子用三轮车给送到了家里。

回到家里，把石臼和木杵放在小菜园里，先用清水洗干净晾干，给石臼和木杵里里外外抹了一层茶籽油。灰白的石臼变成青黑色，石头的纹理显现出来。木杵上了油之后变成深红色，木纹流畅。

蒸起一锅靖西产的糯米，热气腾腾地倒进石臼里，用木杵一下一下擂起来。糯米的香气随着蒸腾起来。起初是单纯的米香，擂了一会儿，似乎有淡淡的甜味散发开来。我再擂一会儿，蒸汽少了，糯米慢慢变成一团黏稠的面团，扯起来又压下去，筋道十足。糯米厚厚的香味弥漫开。这气味让我想起一个“暄”字，类似久雨之后的大晴天，被子晒了一天，还未落日，把暄软的被子抱到床上，棉被吸收了一天的阳光散发出的味道。我擂着糯米，发出“空空空”的声音。邻居家小狗跌跌撞撞跑过来，站在香樟树下竖起耳朵看。樟树的老叶底下已长出新叶。一树绿茸茸。

擂了十几分钟，就要脱棉衣了。身上热气腾腾，手臂酸麻。糯米由乳白过渡到青白，我感觉木杵越来越重，米粒已经看不见，木杵擂下去就拖起长长的一条。香味越来越浓。阳光穿过风中微微颤动的香樟树叶打在石臼上。提起擂好的糯米团，放在案板上捏成小块的饼，就成了糍粑。把糍粑一块块搁在竹匾里，晾在阳光里。一排排的糍粑就这样无师自通地做好了。有时微风把樟树的老叶子吹到糍粑上，小狗扭着身体跳着扒竹匾。可惜它太小，扒不上去。

年前，四周邻居家的雨棚下大多晾起了腊肉和腊肠，一串串在空中摇晃。有几位同事还专门送了一些自家做的腊肠给我尝尝。桂林本地的香肠味道柔和有酒香，湖北同事送的腊肠辛辣刚烈有嚼头，四川同事父母做的腊肠麻辣鲜香吃起来得就着一口米酒。想来这都是他们家乡的味道。我想有了这石臼和木杵，我也可以做一些年节食品送给同事和朋友尝尝了。比如，这糍粑，就加进了我自己的一点点小创意：用赶圩时买的农家土制红糖做馅，再在园子里摘一把绿莹莹的藿香或薄荷叶子，洗干净包进糍粑里。这样的糍粑吃起来香糯甘甜而清爽，藿香的芳香能化南风天的湿气，能养脾胃，糯米补益中气，配起来应该相得益彰。

糍粑晾一两天就干透了，硬实得像石头。想吃的时候，我觉得最好是用生铁炉子烧起炭火烤：待烧了几壶开水之后，一炉炭火红焰渐渐变得柔和下来。木炭上浮动一层浅白的灰。在铁架子上搁上糍粑，不一会儿，糍粑好像是冬眠初醒的海豹，伸着懒腰慢慢舒展开来，在炭火的温存里一点儿一点儿变胖。糍粑的颜色由白色转为浅黄直到焦黄。糯米的醇香、红糖的焦香、藿香或薄荷的清香渐次在炭火上炀开，伴着一丝舒服的叹息，展示出这块糍粑的性情。

每次在园子里烤糍粑，都能吸引邻居过来喝杯茶，尝一块糍粑，聊几句天。邻居家的小狗闻到这香气，小跑着跑过来，在树下站着打喷嚏。有一次，看它眼巴巴的样子，就扯了一小块糍粑给它。糍粑粘住了小狗的牙，它伸着脖子挣来挣去，好不容易才咽下去。

吃了糍粑，用炭火的余温煮上一壶茶，和孩子靠在竹椅里读书聊天。

随手拿起一本杂志，轻声读一篇题为《弟弟的冰糖》的文章，作者是昂格图，一位蒙古族作家，写到物质极端贫乏时期的食物。文章写到“我”小时候由于家境贫困，八岁的弟弟被送出去给人领养，领养人来接弟弟的时候，给兄弟几个每人一块冰糖。令孩子们垂涎欲滴的冰糖被母亲收起来。后来，“我”带着这几块冰糖去看望弟弟，“弟弟消瘦了许多，蓬头垢面，衣衫褴褛，看上去像个野孩子。弟弟一见我就开始哭，小肩膀一抖一抖的。”“我”把冰糖给弟弟，弟弟不吃，说如果吃了就总想吃，就像想回家，一想就总想着回去。文章描写弟弟所受的心理和身体的折磨，以及这个小男孩的细微情感，读来让人心碎。

“眼泪模糊了我的视线，我再也看不清附近的东西。我回去求一求母亲吧，我不用冰糖换我可爱的弟弟。”

“这时，我突然觉得家在遥远的地方，弟弟也在一步步离我远去，而那块我生怕丢失的冰糖，在我燥热的体温下渐渐融化，渐渐变小……”

读完文章的最后两段，读的人和听的人都泪眼婆娑。孩子说，真想拿着我们刚烤出的糍粑赶到草原上那个八岁的弟弟身边，让他尝尝我们亲手打的糍粑的味道。

现在的孩子很难想象，食物在那时，会是一个致命的诱惑。

能安闲地制作食物，品尝食物，被食物的气息包围着，是多么幸福的事情。

2015年2月26日

# 油　茶

师大育才校区西门前隔着条马路，有一家油茶店。店名起得有点儿意思：三碗油茶。

五六米宽的门脸儿，敞亮的大窗户让店面显得豁亮宽敞。进店来，店堂里摆着几张简陋的矮脚方形木桌，小矮木凳围着木桌摆放。这小店是三房一厅的民居打通临街的墙改造成的。进了店面主体的客厅，右手边还有四五平方米的一小间，左边甬道上也摆了木桌木凳，再往里走还有一个小房间，里面挤着两张桌子。厨房就在这小房间的隔壁。白天阳光照进店里，渐次变得暗淡，到里间坐着，能感受小窗暗淡的光线里些许微尘在浮动。夏天的黄昏，生意好，排队的客人等不及，就自己搬起木桌摆到店门口，老板就说一句，不行哦，城管来了要说的！执意让客人把桌子搬回来。有时，他也懒得管，客人就在门口的桂树下摆起桌子光着膀子开喝。

小店老板五十多岁，身段矮小结实，圆圆的脑瓜儿，短头发已经有些灰白。微胖的圆脸上，两只亮亮的小眼睛下挂着两个眼袋，几丝皱纹，翘起的嘴角，显得和善通达。他总是散淡地坐在店门旁边的一张老式课桌后面，说话细声细气，笑眯眯地迎着客。

这小小的油茶店到了饭点儿，各种香味开始洋溢。小店总是客满。

油茶自然是油茶店的招牌。“三碗油茶”店的油茶我喝了好几年，是桂林油茶中的“北方汉子”，饮来有“楼船夜雪瓜洲渡，铁马秋风大散关”的豪放气派：都是大磅的暖水瓶装好的，随手放在客人的手边。摆好油茶小碗，小碗里放好油果（粳米粉捏成黄豆粒大，用油炸成）、米花、葱花、油炸花生米等。提起暖水瓶，头一道茶，黄绿色的油茶汁冒着热气倾注碗中，油果和葱花打着旋涡在小碗里散发出热腾腾的油茶香。待小碗里的茶汤安静下来，用小勺在盐瓶里挖一点儿食盐放进油茶里提味，油茶就可以喝了。第一碗喝来有点苦涩，粗粝的大叶子茶的感觉，喝得毛孔开始张开；第二碗喝来渐入佳境，油果、米花、油炸花生米、葱花渐次在咀嚼中绽放出各自的香味；第三碗喝来就有了顺畅之气，喝茶的间隙，唇齿之间荡漾着一丝丝甘甜。三碗之后，徐徐喝来，汗气始出，有豁然开朗的快意。

门口卧着的小黄狗用前爪扑着眼前的飞絮。

“三碗油茶”的油茶是每天清晨开张前就熬好的。我没有见到油茶炮制的过程。从油茶的色泽味道吃法看，这是恭城油茶的风格。和老板聊起来，大致知道恭城油茶是用木杵在陶罐里把煮过的大叶粗茶加猪油，放入生姜、大蒜捣汁一起捣碎，然后加水烧开熬到沸腾出味，再用竹漏斗把茶水分别滤入碗中，撒入葱花，有的还放香菜末、炒黄豆等。“三碗油茶”的“即食油茶”应该是改良的。是不是还用手工捶蓉？问老板，老板笑笑，好吃就行，怎么做的，有后厨的老师傅在做——他说的“老师傅”，估计就是他那位一直在忙碌的寡言少语的老伴。

客人喝过三道油茶，老板把压了塑料膜的菜单拿来给客人看。“三碗油茶”店面不大，菜品不少，焖猪脚、焖鸭是招牌菜，每盘二十八块，油光光的一大盘子。焖猪脚糯滑香软，肉皮肥而不腻，焖煮成自然焦糖色，令减肥的女子都难以罢手；焖鸭肉质紧实，嚼来颇有滋味。此外，蒜炒土豆丝、虎皮青椒、素焖老南瓜这些家常菜一年四季似乎都有，也有应季的素炒小笋、香椿炒蛋、清炒小南瓜，等等，随着不同的季节次第上桌。除了猪脚和鸭子两道招牌菜，这些清淡一些的家常小菜更体现桂林季节变换出的不同滋味。“三碗油茶”店的“酿菜”也颇有滋味，尤其是苦瓜酿。一寸半长的苦瓜掏瓤塞猪肉馅蒸出来，盛夏吃来，苦中的清寒能让暑热消解不少。船上糕、萝卜糕、艾叶粑、糯米粑、炒粉、酸辣红薯粉……各种小吃每样来一份，七八个人就吃得肚圆了。

“三碗油茶”小店一直顾客盈门，源自朴实的店主货真价实和略带随性的经营：一大锅白粥放在桌了上，客人可以免费自己盛来吃——这让老板显得颇有些大气。油茶你随便续随便喝，就两块五毛钱，荤菜二十八元以内，素菜不过七八块，传统做法做出的船上糕等小吃一两块钱一份。三五好友吃饱吃好也就五六十块钱，喝得荡气回肠，吃得酣畅淋漓。

街对面是师大，这“三碗油茶”便成了师大的一个小食堂。

2015年3月23日

# 茶　香

周日早晨带儿子去城市东边的茶厂。

沿着民居挤出来的狭窄的小巷往里走，民居粉墙里探出的三角梅流淌出一片红花，随风一簇簇飘落下来。墙角下卧着两条幼小的土狗，眼里像贮着安静的泉水。走着走着，豁然开朗，是茶厂大门。遮天蔽日的阴香林甬道，黄墙根儿染着青苔的老房子，几方倒映着流云的池塘，千亩青绿波浪起伏的茶园，在立夏过后的闷热时节里，空气中流溢出青葱植物的气息。

作坊式的厂房，茶厂保留着旧有的制茶流程，制作过程手工和机械相结合。乌瓦回廊，空地里支着几口大铁锅。炒茶的工人手伸进铁锅里，绿茶叶在锅里翻转，由嫩绿而微黄，茶香四溢。

圆顶茶树一直蔓延到远山下。儿子戴起草帽提着篮子跟采茶工人去采茶。采茶一般采一芯两叶，采一垄茶树要走个把小时。儿子采了半个小时，热汗直流，脸儿晒得红彤彤，采的茶叶还没有铺满篮子底，直说腰酸背痛。拿着采来的茶叶，请工人带着一起走了一遍简易的制茶流程。毛茸茸的有点儿像碧螺春的茶叶制作出来。半个小时采的茶叶刚够泡一壶茶。

我们坐在池塘边的竹躺椅里喝茶。承包茶厂食堂的阿姨提来灌满的保温瓶。开水注入玻璃茶壶，茶叶在水里翻滚，略带青草气的茶味随热气浮现。阿姨说，刚制成的茶有些青涩，陈化几天就好了。晾好了茶，茶汤显出绿莹莹的颜色。儿子一口气喝下一大杯，连说太过瘾了，从来没有喝过这么好喝的茶，“要跳进这茶杯里喝个痛快！”真是牛饮！我笑他。劳动过后热汗淋漓焦渴难当，喝这茶当然滋味好。

我和儿子讲起我小时候和父母喝过的一次好茶。

我小时候住在西北一个煤矿。

煤矿附近，散落着农家。农家窑洞崖畔上，酸枣挂满了带刺的枝丫。天旱时，沟渠干裂，井水干枯，时常能看见农民拉架子车到煤矿拉水，上山下塬到矿区，拉一车水来回也得十几里路。吃水不容易。

有年初秋，我跟父母徒步到苟村。这年酸枣是大年，漫山红玛瑙样的小枣子。一路走一路采摘，父亲很快背了半蛇皮袋。太阳高起来，黄土坡上的小路踩上去起烟尘。我渴得受不了。父母带我敲开一个农家院子，讨水喝。

一位山羊胡老汉开了院门，把我们迎进去。说是一早喜鹊叫，原来贵客到。煤矿上的职工和周边农村的村民面熟。我们坐到院子里石磨盘下的小凳子上。老汉喊了一声，应声出来一位老太太。老汉叫熬茶，老太嘟哝着：“没有水了么，咋弄呀！”老汉进了窑洞，从炕沿下的席子里踅摸出一个小纸包，拿出门来。打开，是一小包粗梗茶叶，放在磨盘上。我们都说不用泡茶，有碗开水喝就行了。老汉说，客人来，咋能不喝杯茶？说着拿起撅头走到柿子树下挖起来。

挖了两尺深，挖出一个黝黑的粗陶罐子。老汉拍拍罐子上的泥土树叶，启开盖子，里面是一汪清水。老汉说，是年后下头场春雪时的雪水。老太说，这水还是会跑啊，春上埋的时候是满满一罐子水，现在挖出来就剩下大半罐子了。

老汉从窑里拿出一个黑黑的铁罐子，有个长长的铁把柄。铁罐子有三寸来高，直径一寸半的样子，黑乎乎沉甸甸。老太太抓来几把豆荚稻草，在灶上点起火。老汉把一把茶叶倒进罐子里，向着灶火烤，茶叶焙出焦香。老汉舀起小勺水倒进铁罐，只听“噗”的一声，茶味溢开。火苗闪烁处，水滚起，将潽未潽之时，老汉把茶滗到我父亲面前的小瓷杯里。一小杯酱红的茶。我父亲喝了一口，老汉咂巴着干干的嘴唇，微笑着抿着嘴，像是询问茶味好坏。父亲点头称好，一口把茶饮尽。老汉欣喜地继续烤茶烧茶。待到我喝时，已是第三罐，茶酽如红酒，老汉把茶倒到我的小瓷杯里时，扯出一条长长的细线。抿一口，焦苦味钻到喉咙深处。

老汉为我们烤茶续杯。茶水金贵，倒茶时一滴也没有洒出来。老太蹲在石磨盘旁边有点发呆，迟疑着望着天说：“已经有两个月没有下雨了。”门旁边的榆树上叶子都耷拉着，树枝上倒挂着的黑知了开始焦躁地嘶叫。喝了三杯罐罐茶，吹来一阵凉风，汗下去了，喉咙也滋润起来，苦尽甘来。

我们喝完茶，道了谢，临走老汉老太非要让我们带个老南瓜回去。第二天，我们又走在山沟里。父亲挑了两桶自来水给老汉送去。母亲带了一包“陕青”茶叶。一路上，歇下来的时候，塑料桶倾斜了一下，流出一点儿水来。打湿的地上引来一群蚂蚁。

远远地，我和父亲看见窑洞门口穿黑色对襟短褂的老汉老太蹲在那里望天。

儿子听得入神。池塘边阴香树枝叶连成片。池塘里一道道浮动的水波漾开，青鱼在游来游去。

茶喝淡了。茶厂食堂香气扑鼻的饭菜上了桌。

2015年4月1日

# 马蹄糕

周日早上逛菜市场，看到一家卖马蹄糕的门面。我买了两块马蹄糕，回家切成小块拌了白糖水，吃起来柔糯清香。牙齿偶尔触碰到马蹄的碎屑，口腔里的脆响，有种很爽快的感觉。

卖马蹄糕的是一位老妇人。老人家说起马蹄能够清肺化痰。在桂林冬天春节前后吃马蹄糕，在天气干燥的日子里对身体好。马蹄糕也算是应节令的小甜品。

逼仄的铺面里，老妇人身后有个二十来岁的姑娘在做马蹄糕。我看了几次，大致了解了做马蹄糕的方法。那姑娘先是洗出一堆马蹄，削去皮，用菜刀剁成碎屑，再戴上保鲜膜手套把马蹄碎屑放在铜盆里来回揉搓。揉一会儿，乳白色的马蹄浆水就被揉搓出来，马蹄碎屑也揉搓成蓉状。这时，再用土制黄糖和清水按照一定比例化成糖浆，与马蹄浆水和蓉屑搅拌均匀，直接放在方形锅里隔水蒸二十来分钟，起锅后晾凉，把凝固成形的糕倾倒在案板上。此时的糕色泽黄亮，散发清香，切成方块就是成品马蹄糕。有时候也用白糖，白糖化浆后与马蹄碎屑、浆水搅拌蒸制的马蹄糕颜色清白，按照老妇人的说法是“更清凉”，一般在夏秋时节食用更佳，是消渴、黄疸、热淋、痞积、目赤头痛、咽喉肿痛、肺热咳嗽、痔疮出血等症的食疗佳品。这是传统的马蹄糕的做法。有些甜品店做马蹄糕，还放进牛奶、小麦淀粉等，做出来的马蹄糕更有韧性也更润滑。有一次，我看到那姑娘熬制糖浆的时候，倒进去一勺桂花泡的水。桂花的香味在蒸制马蹄糕的时候散发出来，桂花的味道与马蹄的清香融合在一起，走出老远都能闻得到。

新鲜马蹄上市是在初冬。如果在夏秋季节，做马蹄糕主要用马蹄粉，用窖藏的马蹄切碎作为配料。做法大抵与上面讲到的差不多：先将马蹄去皮洗净，切成小粒，再用清水和冰糖熬制糖浆，马蹄粉用清水调匀，倒入糖浆里，盛到方形盆中。把盆（盆底涂了生油的）放在猛火烧开的沸水锅，用竹筷慢慢搅拌，到马蹄粉浆变成糊状时，放入马蹄颗粒，再搅拌到透明状，盖上锅盖蒸十来分钟后就可以取出来晾凉食用。夏天吃的时候可以放在冰箱里或者用冰块冰镇一下。过去讲究一点的路边小摊还调制出凉拌马蹄糕的糖浆，放了新鲜薄荷或藿香。除了口味清新之外，清热祛暑的效果自然更好。

专制马蹄糕的人家可能更注重用料，比如，尽可能使用桂林卫家渡或四塘的马蹄，使用新鲜马蹄而不用马蹄粉，蒸制的时候用干净的方形蒸锅，调制糖浆时用农家土榨的甘蔗红糖，或者使用大块结晶的冰糖。其中的道理估计店家也说不清，但这样做出来的马蹄糕确实比较好吃，于是便这样流传下来了。

马蹄的学名是荸荠，是莎草根植物荸荠的球茎。从中草药角度看马蹄，马蹄生在水泽湿地，具有清热润肺、生津消滞、舒肝明目、利气通化的功效。《随息居饮食谱》概括出马蹄的性味为“甘寒”，具有“清热、消食、醒酒、疗膈、杀疳、除黄、泄胀、治痢、调崩”等功效。中医常用马蹄配成“雪羹汤”，清热去痰，降血压，还可治疗便秘、痔疮等。用新鲜马蹄配芦根、新鲜莲藕汁调制的饮料，是清热生津的妙品。有位中医界的朋友说，马蹄在中医里的功效主要是消积，使用得当，在疗疾中可起大功效。

最近我读到桂林掌故的文章，关于“桂林三宝”，民国时期的游记文章里多提到马蹄是“桂林三宝”之首。吴瑜在1948年出版的《中美周刊》上发表的随笔中谈到，漓江东岸花桥下面就是马蹄市场，小贩云集，每天交易的马蹄堆积如山。这样的画意，我想请手绘丹青的高手吴万在画“桂林风物系列手绘”时画一幅：桂林马蹄在半个多世纪前已经行销国内不少地方，也远销到东南亚，花桥下的马蹄市场值得记录下来。

入冬时节，菜市场上卖马蹄的农妇多起来。马蹄多用蛇皮袋装着，一袋袋杵在菜市场的出入口处。马蹄带点儿泥土，满装一袋，上插一条硬纸板，用歪歪扭扭的字标明“卫家渡马蹄”或“四塘马蹄”。卫家渡马蹄是桂林出产的马蹄中最负盛名的，个大、油红鲜亮，形扁蒂短，水分足，细嫩无渣，清甜爽口。卫家渡是桂林东郊的一个大村子，临着漓江。从三里店七星交警大队走两三里路到和平村，穿过和平村就是卫家渡。卫家渡沿着漓江有狭长的农田。马蹄是草本水生植物，喜欢在沼泽里生长，也可以栽培在水田里，适宜生长在表层松软、底土坚实的土壤里。卫家渡江面开阔，江水丰沛，土壤肥沃，气温暖湿，适合马蹄的种植。四塘马蹄是临桂县四塘镇出产的马蹄，味道甘甜，也是桂林马蹄中的名品。

马蹄在广东又被称为“钱葱”，大约是因为马蹄的叶子和葱相似，马蹄圆圆的又像铜钱。生长在漓江边的马蹄，亭亭玉立，倒影碧绿，想想也是很美的植物。据说这种植物原产印度。

在桂林，还有一种名曰“马蹄糕”的街头小食品。其外形白蓬蓬，刚出蒸具热气腾腾，趁热吃，松软香甜，是用糯米粉和红糖蒸制的。这种马蹄糕与马蹄没有关系，叫作马蹄糕，大约是因为看上去形状像马的蹄子。

2015年4月8日

# 樊老师

下午，樊运宽老师到家里来聊天，对着小院喝茶，谈了一个小时的格律诗。

樊老师是广西师大古典文学教授，退休后，写格律诗，也在广西师大的乐年学院给退休职工上旧体诗的课。他鼓励我写格律诗，也鼓励我填词。樊老师总是说：“格律很简单的，稍用点儿心就弄通了。”他并不把写格律诗看作什么雅事，认为一个人如果不出去打牌不去歌厅唱歌，写写诗歌，感受感受汉字的美，也不失为一种享受。一位桂北游击队的老战士，九十多岁了，学写格律诗。老战士的习作经过樊老师修改，后来印出一本小小的诗集。老人高兴得不得了，说这写诗的快乐，能让他至少多活五年。樊老师说写古体诗对健康确有好处：凝神静气组合汉字，情感得以抒发和升华，神清气爽；写古体诗还需要“江山之助”，游历山河，激扬文字，也能够健身养心。樊老师与古体诗爱好者每个月十五号都有一次雅集。大家在一起诵读自己写的诗歌，互相评议、欣赏，乐在其中。

去年，在一位热心赞助者的支持下，樊老师主编了一套古体诗集，收录师大师生的作品。诗集从创办学校的老校长开始，杨东莼、夏征农、冯振心、林焕平，直到在岗的年轻教师，收录了上百人的作品，准备在近期分四卷出版。当时，樊老师找到我，问我要古体诗。我无知者无畏，把几十首随手写的“顺口溜”交给了他。我写的这些连打油诗都算不上的“顺口溜”樊老师仔细看了，鼓励我说诗意倒有一些，就是不合格律。于是他老人家字斟句酌，一个字一个字地琢磨，帮我修改。我对古体诗的理解是，只要有诗意，大致押韵也就可以了，过于拘泥于古人的声韵格律，容易流于重文字音韵，削弱诗歌的表达能力——而樊老师的意见是，既然是古体诗，还是要符合古体诗的规范——不然为何还叫古体诗！他感到遗憾：能够严格按照格律规范写旧体诗的人越来越少。樊老师掰着指头数桂林格律诗写得好的几位，其中我认识的有吴全兰、陈广林。

谈诗的时候，清风徐来，桂花飘香。

我想起前些年写的一首“顺口溜”：“月魄滋养绿荫长，人家散聚茶未凉。梦浅昨夜飞花雨，一树喷薄万斛香。”这首诗的格律我也没有细考校过，记下的只是初来桂林乍见桂花盛开的印象。

诗意弥漫的桂花气息，让我想起中秋时节在樊老师家喝铁观音茶吃月饼的学生时代。

樊老师是我读研究生时的老师。正如我的师兄韩晖教授感叹的，我们读书时樊老师夫妇把我们当自己的孩子一样，亲切自然。我们无论什么时候去樊老师家上课或聊天，到了吃饭的时间，都可以拿起筷子一起吃饭，没有一点儿拘束。我记得二十年前的中秋节，我和几位同学第一次去叠彩山下拜访樊老师。那时，樊老师一家住在山脚下的木楼里。人踏在木楼台阶上，楼板嘎吱嘎吱地响。樊老师的爱人周老师请我们喝茶吃月饼。头发灰白的樊老师微笑着和我们谈课业。那次，我第一次吃到南方的莲蓉月饼。月饼切得规整，摆在精致的盘子里。品着香气扑鼻的铁观音，我矜持地把月饼捧起来放在嘴里，香甜可口。我当时刚从粗犷的大西北来到温润的桂林。大西北大块吃肉大口吃月饼的饕餮风格，一下子转换为南方的雅致，还有点儿不适应。樊老师和周老师微笑着请我们多吃几块，这是广东风味的月饼。

茶过三巡，老师邀我们到木楼窗外看月亮。木楼温暖静谧，月色如霜，窗外的树枝在轻轻摇动。

叠彩山下，有老人在桂花树下点燃一枝线香，祭拜月亮。

记得樊老师家的木楼墙壁上挂着不少字画。书桌上墨迹未干的书法作品，是娟秀的楷书或行楷。樊老师告诉我们是他八十多岁高龄的老岳母的字。老人家天天写，写了几十年。老奶奶身体硬朗，神态安静慈祥。听周老师讲，老人抗战时期一家人从江苏逃难，辗转来到桂林，生活极其艰苦。即便在那样颠沛流离的战乱年代，老人还坚持写毛笔字，读古典诗词。终其一生，老人过着清洁简单的生活。老人家宣纸上留下的诗句让人感受到中国人的冲淡与优雅。前年，老人以百岁高龄安详西去，过世前几天还在写字。周老师也是师大中文系的教授，继承了这样的家风，擅长书法、绘画。周老师画的写意国画，墨色淡雅，带有书卷气。她总是谦虚地对我们学生说，她是业余学着玩，不能登堂入室。书法、国画、旧体诗，樊老师夫妇俩浸润其中，让平淡的日常生活具有高贵的精神气质。他们的女儿后来读的是艺术院校，成为知名的艺术家和策展人，今年还被文化部选派到德国访学，考察德国公共艺术。

我还记得，我毕业实习，被古代文学教研室安排上两汉文学课，教本科生《史记》。我和胡军生的实习指导老师是樊老师。樊老师鼓励我上了讲台，把我介绍给学生，便悄悄离开教室。用紧张颤抖的声音，我开始讲《项羽本纪》。讲课中间，我不经意间抬头，看到樊老师在窗外桂花树下旁听的身影。我的心渐趋平静，讲课流畅起来。

这场景转眼已是十八年。

夕阳中，送樊老师出门，走在院子里，一树树桂花开得正好。樊老师边走还边跟我讲，多读好书，有空写写诗，不要太匆忙，要回归内心——精神的丰富、高贵很重要，比如这一簇簇金桂，香味如此悠远。

我把樊老师送上十四路公交车，目送公交车远去，还看到头发雪白的樊老师站在车厢里，冲着我招手。

2015年4月15日

# 莫雅平

下午，樊运宽教授到家里来，对着小院里的树木喝茶，给我谈了一个小时的格律诗。他鼓励我写格律诗，也鼓励我填词：桂林应该是个诗词之城啊！

送樊老师出门，走在淡淡的夕阳里，院子里的桂花一下子都开放了。

把樊老师送上十四路公交车，挥手道别，目送公交车远去。我一回头，看到一个戴着眼镜的大胡子，背着背囊，低着头，在站台后面摆弄登山杖。我悄悄走过去，双手拍在他的双肩上——我遇见了大胡子诗人莫雅平。

莫雅平看到我，微笑着，从黑胡须间露出白牙，从小黑包里掏出“芙蓉王”请我抽。说起一早就来到这里，乘乡村中巴去了潮田，到潮田后到山里徒步，一直徒步到午后。他说起潮田的一个天坑，比画着告诉我：那天坑的石壁，还有附近的一个穹隆，跟身后这东方大厦差不多高。我仰起头看东方大厦，被建筑割裂的天空，想象天坑给他的震撼。

我也经常在市郊的田野和山间徒步。但莫雅平这样的大胡子诗人的徒步，可能与常人的徒步不同。道路正如延伸的心弦，敏感的诗人和思想家行走在路上，心理、生理与自然之间的三个音符结合成的和弦，落在大地上，落在纸上，拨弄出思想和诗意。

莫雅平是桂林诗人，大胡子比头顶上的毛发更浓密。他也是翻译家，曾经是漓江出版社的资深编辑。我在桂林另一家出版机构工作，尽管同城同行，平时却少有往来。十几年间很少的几次聚会，听他聊天，幽默睿智，令人解颐。

有一次，他聊到二十世纪九十年代，单位开选题评审会。他申报的是一位外国作家的作品，他对这个选题准备得很充分，仔细分析了出版价值。评议时，一位"高人"否定了这个选题："我们也不懂你说的这个作家的作品。连我们都不懂，出版肯定会有风险。这样的选题还是算了吧！"把莫雅平噎得张口结舌。

后来他在一个编辑培训班上谈到他的无奈："有时候，连无知都能成为否决一本书的理由！"这话给龙子仲留下很深的印象，两人成了好朋友。莫雅平在纪念龙子仲的文章《看着天边的云，就当是看到了你》中写道，子仲之所以有共鸣，是因为两人感受到的心灵隐痛是类似的。"无知所能否决的，何止一本书呢？有时候，无知还能成为否决一个人的理由。"

胡子是与莫雅平聚会聊天的一个重要话题。我见过莫雅平少年时代的照片。照片是他高中毕业时照的。个子不高的少年莫雅平双手交叉，挺胸抬头，戴着黑框眼镜，作遥望远方意气风发状。这个少年当时刚考上北京大学西语系。那时是白面书生的模样。那之前，这个湘西少年住过漏雨的老屋，在饥饿中捉来蟑螂放进柴火里烤了吃——在缺油少盐的物质贫乏年代里，“蟑螂那种油油的口感真好”，他回味着故乡的味道说。

我不知道莫雅平是从什么时候开始蓄胡子的——总觉得应该是在漓江出版社当编辑，翻译《魔鬼辞典》的时期，他因为这胡子，似乎也有了魔幻感。他的胡子可以抓起来握成一把，用小梳子梳理。他说到邻居家两岁的小姑娘见到他这个大胡子伯伯，吓得哇哇大哭——他觉得是因为少见而让小姑娘直觉怪异，视为异类。中国男人现在很少留这样的大胡子。这样的胡子在这个拥挤的国度里留得少了，时间一长也就退化了。面白无须面无表情，便成为群体常态。

而莫雅平有着丰富的表情。他现在的面相适合漫画：他脸上蓄的是胡子，圆脑壳丛生的是思想和自由的荒草。这荒草与现实的庸常和冷漠有着难以逾越的隔膜。在出版社工作二十多年后，他突然自学法律，改行成为专职的律师。

前几年，我在他的博客中看到如装在瓶子里的葡萄酒一样的诗歌，文字如同在虚空中四处游走寻找出路的单宁，涩涩的味道，舞蹈着诗人的苦闷与孤独。在我的想象里，头顶鸟巢一样的头发，他独自一人伸腿“坐在家里的地毯上做白日梦，想象遥远的草原蓝蓝的天”。对着流淌着漓江的门外，摆着他那双老皮鞋。而现实中，他用文字和镜头记录了大量触目惊心的生态灾难：漓江上游挖沙船留下满目疮痍的河道，家乡清亮小河变成漂着死猪散发着浓烈腥臭气味的垃圾河。

地理上的故乡越来越遥远。莫雅平把故乡安放在诗里。

我读过他的一篇写故乡的文章，在文章最后，他希望能有一项法律保护一个梦想：一个人出生的时候，父母为他种一棵树，通过立法赋予这棵树以他的人身权；结婚时，和爱人共种一棵树，象征因爱情而新生并成为独立的社会人；孩子出生时，为孩子种一棵树，这棵树享有孩子的人身权，也体现生命的延续；去世时，孩子为他种一棵树，他就埋在树下，他的骨灰将化为枝上的绿叶。如果这样的梦想能够实现，将是我们这个国度多有诗意和现实意义的事情！

他在《喝葡萄酒的不同方式》里写道：

一杯葡萄酒匆匆跌落喉咙的深谷／一头狮子一口就吞掉一只小白兔／我听不到白兔在狮子体内的哀叫／你看不见葡萄酒在食道中形成的瀑布

我们活得多么匆忙多么冷漠啊／一轮夕阳消失在大地的牙齿后面／我和你却常常是视而不见

其实我们可以活得慢一些／慢下来葡萄酒就成了魔法之水／把杯中的魔水轻轻地旋动／我就能看到日出日落、四季轮回……

其实我们可以活得慢一些，慢到如樊运宽老师用一个下午的时间推敲两三行格律诗句；慢到如莫雅平用脚步丈量大地，安静地体会一棵草、一棵树的生长。

2015年4月23日

# 山　药

塘边，一辆外地货车转弯时倾斜侧翻，一车山药倒了出来。我看见一包包细长条的山药落到地上，断裂开，乳白的浆液流了出来，空气中有黏滞的山药味道。货车的车头翘了起来，司机是个黑脸小伙子，在车里不知所措。副驾驶座上的姑娘，小心翼翼地推开车门，跳了出来。

蹲在南墙根下修自行车的老景擦擦手里的黑油泥，放下手中的活儿跑过去看。幸好，人没有事。不少早晨到菜市场买菜的老人也围过去看。

稳住车头后，小伙子也打开车门，跳下车来。货倾倒出一大半，散乱地抛撒着。满路都是断裂的山药，有的已经落到了将军塘下的坡地。要把山药规整起来可不容易，大冷天，司机却是满头大汗。路过的人从堤岸上下到池塘边，开始捡拾一包包山药。司机和姑娘越发着急，用河南方言交流着什么。帮忙的人把捡拾起来的山药堆在墙根下的草坪上。小伙子和姑娘看到这情形，大大松了口气，擦了擦汗，向帮忙的人打躬作揖道谢。塘水被寒风一吹，浮起几片老香樟树的叶子。

修自行车的老景戴顶灰布旧帽子，指东画西，指挥着把路上的山药收拾到墙根下。樟树下剃头老师傅和卖柚子甘蔗的也帮着和路过的居民一起捡拾。忙了好大一会儿，才把山药规整好。老景问司机从哪里来，这山药准备怎么卖。司机和姑娘说是从河南一路开车过来卖山药的，货车一开就开到千里之外。货车开到哪里，山药就卖到哪里，盼着过年前卖个好价钱。他们居无定所，就住在货车驾驶室。刚进入桂林，要找个居民区卖山药，没有想到出了这么一个差错，这下麻烦了。车上的山药是焦作黄河滩地产的，纯正的“铁棍山药”，大约二十五块钱一斤。

第二天早上是个晴天，早晨的阳光里，塘水一半碧绿清浅，一半深沉幽深。我照例去塘边健步。这是个暖冬，塘边的桃花点点艳红，柳树绽放出一条条柔和的绿线。修自行车的老景九点多就出摊了，剃头师傅也早早在西边墙根挂上了镜子，开始给顾客剃头。朝着居民区的路口，小货车敞着棚，堆着阳朔产的沙田柚和福利甘蔗。慢跑和健步的居民绕着池塘运动。池塘四周的楼房倒映在水里。天蓝蓝的。

我听到豫剧唱腔。原来墙根下卖山药的已经搭起了一个简易的棚子。货车也已经规规整整地停在路边。河南小伙子和姑娘在卖山药。完好无损的山药卖二十五块钱一斤，摔断成两截的山药打五折卖，摔成两段以上的打三折卖。小伙子用一大块硬纸板写着“河南温县黄河滩沙土产铁棍山药”，还密密麻麻写了关于山药的知识和食疗方法，看样子是读过书的。打三折卖的山药很快就卖完了，打五折卖的也卖掉了，二十五块钱一斤的卖了四五天。转眼就过了腊月二十三，河南小伙的货车空了下来。除夕前两天，河南货车不见了。修自行车的老景说卖完了山药，他们回河南过年了。老景还说河南小伙子不错，临走前的傍晚，在他修车摊子上放了一大捆完好的山药。剃头老师傅和卖柚子甘蔗的那时已经收摊，河南小伙子也都分别给他们留了一捆山药，表示感谢，说这地方人仁义，不欺生，过了年他们还会来桂林。

河南小伙子过了年还真的开着车子来了，又载了满满一车山药。这次卖的是垆土山药，山药细长，有点儿像人参，弯弯曲曲的，灰黄的表皮上有砖红的锈斑。小伙子向路过的居民解释铁棍山药里面怎么分垆土山药和沙土山药。原来河南焦作地区出产的山药都叫怀山药。因为焦作在古代叫怀庆府，怀庆府出产的山药最有名，所以统称怀山药。铁棍山药分垆土和沙土种植的两种，主要是指山药生长的土质不一样。所谓垆土是指黑色坚硬土质粗糙没有黏性的土壤。铁棍山药吃起来都是干面甜香，垆土山药是在硬土壤里生长出来的，比在沙地里生长出来的山药生长期长，口感更好。在卖山药的货车前面，贴着大红纸，红纸上用毛笔写了关于初春时节山药养生，调理脾胃，升发阳气功效的小知识。池塘周围的居民慢慢知道这地方有个专卖河南山药的地方。也有远点儿的，不少人专程跑来买山药。

正是雨水节气，池塘边桃花盛开，老香樟树的新叶从老叶下生长起来，满池塘绿莹莹的倒影。

再过了几年，也是临近春节，我看见午后人少的时候，这河南小伙子埋着头和修自行车的老景在下象棋。手头没有活儿的剃头师傅蹲着看他们下棋。有来剃头的客人就喊一声，剃头老师傅颇不情愿地一步三回头回到香樟树下的剃头摊子干活。河南姑娘已经成了小媳妇，挺着个大肚子在看摊。再后来，有一次看见小伙子与城管人员交涉着，赔笑作揖打拱，小媳妇抱着个孩子忙前忙后招呼生意。由于起初只卖年前年后这段时间，算是年货摊，摆在池塘边的居民生活区，也没有见城管太为难他们俩。

今年我路过池塘口，他们成了一家三口，儿子跑来跑去。听老景说，他们在附近买了一套小户型的房子，已经在桂林定居了下来，还在塘边的农贸市场开了河南山药专卖店，从行商变成了坐贾：几年前懵懵懂懂的小伙子和大姑娘开着一辆货车撞进这里，几年下来居然在这个陌生的地方成家立业了。

2015年5月1日

# 种　菜

离外环路不远，有个正在开发的工地。工程建设时松时紧。东边已经盖起了几栋楼房，西边还是大片空地。早晨慢跑不经意间经过这里的时候，我看见西边大片荒地上已经长起半人高的艾蒿。蒲公英、车前子、茵陈、荠菜这些植物也不知潜伏了多久，一下子在初春飘飘洒洒的细雨中现了身。草地上点缀着星星点点的各色花。雷雨初晴，还能在草丛里看到一夜之间长起来的绿地衣和白蘑菇。

一棵梨树兀自立在小丘上，满枝的花随风摇落。青涩微醺的花香随花粉在游丝般的细雨里飘荡。

我看见几位老人在种菜，问起来才知道，他们住在附近小区。这工地工程的推进最近几年显得有气无力，没有几个工作人员。起初，他们来这里锻炼身体，采摘野菜，连保安都懒得过来管他们。后来，他们一小块一小块把荒芜的土地开垦出来，种了几垄瓜菜。瓜菜长得碧绿青葱，收获颇丰，家里都不用买蔬菜了。工地保安过来看看，老人就剪几把韭菜、摘两捆菜花给他。保安过意不去，平时帮他们看管菜地，天晴地旱的时候也帮着到几百米远的河溪里挑几担水——老人多白发苍苍，岁数大了，挑不动，得慢慢抬水。时间一长，工地停工的时候，保安也成了他们中的一员。

我常到荒地边慢跑，去得多了，认识了这几位老人。他们有的是退休的中学教师，有的是退休工人，也有附近研究院的退休老专家，退休了闲了下来，多为子女带孩子买菜做饭。不知是谁起的头，由初春挖野菜，到垦荒种菜。他们指着西边的一大片闲地说，可以种好多菜啊！老人们很大方，让我带几把菜回家——这些菜绝对没有使用化肥农药，吃起来很甜。桂林话用“甜”形容青菜的清鲜和本色滋味。

回家把带回来的青菜素炒或烫火锅。这菜吃起来确实不同于菜市场卖的，不放味精也清甜。

一个周末，我在厨房里找出一包南瓜籽，一大早就跑到老人们的菜地里。他们戴着草帽正料理菜地。我告诉他们我想种南瓜。老人们指着东边坍塌的一堵破墙，让我自己拿锄头去开垦。这里地势高，破墙上牵扯着藤蔓，紫红的牵牛开了半面墙。我选择朝阳的一面开垦，几锄头下去，惊扰出两只蜈蚣，几条蚯蚓，一群蚂蚁。两只蜈蚣很快相跟着钻到墙缝里不见了。我捡起蚯蚓，扔到菜地。蚂蚁成群结队向墙的那边行军。半个晌午，我锄松一条约一米宽、十米长的地。我把地挖下两尺来深，破砖碎石仔细清理出来。墙边荆棘的枝头结出小红果，根扎得深，我拔了拔，拔不动，坚硬的刺还把我的手划出了血。我用锄头挖了好一会儿，也没能把根挖干净，只好作罢，随它长吧。

从研究院退休的王老先生走过来指导，说种南瓜比较简单，对土质要求不高，这里是沙性土地，要是能挑两担子河塘泥巴，肥力更大，种出的南瓜应该更好吃。于是，我提着桶，跑了老远，到溪水边挖来几桶黑乎乎的淤泥拌在开垦出的地里。淤泥沉，两只手使劲，才能提起一桶，王老过来帮忙抬。老人家满头白发，倒挺有力气。抬了三四趟，两人都累得汗流浃背。照着王老的指点，我在松软的泥土里把南瓜籽种下去。

种下了南瓜籽，好像种下了期待。只要我有时间，就会骑车去菜地看看。过了几天，嫩绿的瓜苗破土而出。遇到下雨，瓜苗长得更快，密密麻麻。墙根下我开垦的小小地块很快就变绿了。这绿意令人赏心悦目。可惜我没有时间和精力专心做农夫。为保地力，过了二十来天，瓜秧长出五六片叶子的时候，只能选出长得最好的十几棵秧挖出来移栽到墙根下，其余的南瓜秧拔出来扔到荒地里。过了不到一个月，南瓜藤开始爬上短墙，藤蔓和叶片在阳光下绿得半透明。待结出花苞，整面颓垣都成了绿墙。一个来月，随时可以掐瓜苗当青菜，既可以炒来吃，也可以和南瓜花一起做汤，味道鲜美。王老说，花苞多，也要掐掉一些，不掐掉，会影响南瓜后期的长势。有一次，我走过荒地，不小心脚被绊了一下，地上也长满了南瓜藤。原来我扔到荒地里的南瓜秧有几根居然也扎下了根，在没有人打理的情况下长出了一大片。

我平时忙着上班，打理菜地时间少，王老和另外几位老人就帮我施肥浇水。南瓜需要大肥力，几位老人去溪水边挖了好几次黝黑的淤泥，还挑了一担青菜去环城路边的餐馆换来几桶餐馆丢弃的牛羊下水废料，当作有机肥料埋在墙根的地下。南瓜藤长得遒劲有力，四处奔腾，有点儿像张旭狂草。

三四个月后，临近夏末，墙前墙后已都是南瓜。东边几个西边几个，随性散落，一地朴实欢喜的样子。埋了肥料的墙根下的南瓜长得最好，有的南瓜像洗脸盆一样大。荒地里没有打理过的南瓜也丰收了，草丛里散落很多小南瓜，拳头般大小。吃过的人都说“有南瓜的味道”。

初秋收获时节，南瓜装了好几麻袋。我留了两麻袋。剩下的几麻袋请保安用三轮车载着给各位老人家里送了去。初冬的时候我去菜地，老人们正收割菜花，一筐一筐的。家里吃不完，老人们挑着放在公路边。路过的汽车停下来看菜，也有人问问价钱。老人们乐呵呵地说，随便给，不给钱也行，再不吃掉，菜就老了。吃过老人们种的菜的，知道这“纯天然有机种植”的菜好，不少人还经常寻过来要几把。有时遇到霜冻，来要菜的人更多——经霜后菜味特别好。

保安说，过一两个月，工程要赶工期，为了保证施工安全，工地里不能再种菜了。老人们坐在田埂上，看着满垄精耕细作的菜地，眼神都有点儿失落。

我走过牵牵绊绊的荒草地，丰收后的荒芜如焦枯的藤蔓，垂满墙铺满地。墙拐角处，一个金黄硕大的老南瓜安静地藏在荒草深处。

2015年5月8日

# 百香果

桂林诗人楚人兄在微信上晒出喝百香果茶，说是去九屋，同学送给他两袋十余斤百香果，洗净几个，用刀剖开，挖出果肉，连壳一起泡茶喝。他咂着嘴巴说："真是美味极了！"——话是他说的，"咂着嘴巴"是我想象的。这样的简易泡茶之后，他又做了改良：把果洗净切开，挖出果肉，果皮用滚开水泡十来分钟，再把果肉和进去，调蜂蜜。有了果皮，茶更香，色更艳。晒出的百香果茶橙黄色，在这样的小寒时节，用手捧着，可以想见初冬暖阳里的温暖。当然，还氤氲着百香果特有的香气。

楚人兄是懂得享受寒冷中的暖意的人。

百香果原产南美洲亚马孙河热带雨林，在中国还是稀罕物，并不广为人知。记得有一次我快递给北方的朋友几斤。后来问到朋友吃了没有，朋友尴尬地说都丢掉了："皱皱巴巴的青紫果皮，一掰开，汁水直流，果子好像已经烂了。"其实果子并没有烂，这个时候味道正好，酸味沉淀下来，甜味酝酿成一汪果汁，混合的香味愈发浓厚。直接用小勺子挖出果汁吃，酸甜香醇。或者如楚人兄的吃法，泡茶喝就是难得的美味。不用任何香精色素，这茶就散发出不同层次的香味，喝起来，酸涩甘甜。果子放久了，也会烂掉。先烂的是果皮，果皮里面有一层膜，保护着果肉果汁。所以，有时果皮烂掉了，因为有这层保护膜，果汁还没有坏，只是被这层保护膜裹成一团，颤颤巍巍，散发出果酒的烈性味道。这个时候，果汁还能喝——喝多了会醉人，果肉已经发酵了。如果保存不好，果肉的保护膜破裂，那果汁就有点儿腐败了，不能喝。

西班牙探险家认为百香果是《圣经》里人类始祖亚当夏娃所吃的神秘果，英文名为passionfruit，passion的意思是“热情”“恋情”，所以这种果子又被称为“情爱果”“情人果”。百香果的学名是“西番莲”，也叫“巴西果”，果汁散发菠萝、香蕉、石榴、柠檬、草莓等一百多种水果的浓郁香味，故又称百香果。查查植物学辞典，百香果富含人体必需维生素、微量元素等160多种有益成分。百香果中富含的维生素C、胡萝卜素、超氧化物歧化酶能够清除体内自由基，起到排毒养颜抗衰老的作用。冬日喝百香果茶，有生津止渴、清热降燥的功效。从中药药性讲，《新华本草纲要》中记述：味甘，酸，性平。有安神、宁心、和血、止痛的功能。用于痢疾、痛经、失眠。国外的医药文献中记载，百香果内含17种氨基酸和抗癌的有效成分，能防治细胞老化、癌变，有抗衰老、养容颜的功效。百香果果肉泡茶能防治高血压，提高身体的免疫力，舒缓焦虑紧张。这样的药用效果对生活压力大，容易抑郁的亚健康都市人颇有益处。

百香果源自南美，近几年在桂林的灵川、永福、临桂、龙胜及阳朔等县种植——楚人兄的朋友就是灵川县九屋镇的。桂林地区百香果的栽培面积1万亩左右，年产量约1.2万吨。由于土壤和气候适宜，病虫害少，百香果在桂林可收获三批果，每亩产生的效益在6000元到15000元之间。两年前的秋天，有一次驱车经过九屋的乡村，大片大片的百香果园，藤蔓上挂着一串串椭圆形果实，空气里流动着令人陶醉的香味儿。戴草帽的果农在采摘果实。刚采摘下来的果子就用麻袋装着放在地头销售。熟透的百香果当时才卖两块钱一斤。买了几斤，用小刀剖开直接喝果汁。绿色的果园里，果枝干净而舒展。听果农讲，百香果病虫害少，没有施用农药，可以放心吃。现在桂林的百香果多是作为原料供应给外地的果汁加工企业。除了做果汁，百香果不知道是不是还能作为酿果酒的原料。

在有的植物志中，记载百香果的果皮里含有果胶。我做了一个小小的尝试，废物利用，用柚子木做的木杵在石臼里放进十来个百香果的果皮捣浆，把浆水倒进开水里煮几分钟，待冷却后，成了黏稠的胶质。用竹舀勺滗出汤汁来，晾凉后，加入百香果汁和蜂蜜，颜色橙亮，味道好极了。那是润泽的滋味，缓缓流入喉咙，感受到微风在果园里拂过，藤蔓和绿叶沙沙作响的轻柔；感受远山茂密丛林里杂木的清香。而酸甜的滋味，让人感觉迷醉于深藏在植物深处的神秘味道。这种味道会唤醒若有若无的记忆。

前几天，一位北方的朋友带着一位叫劳伦斯的德国小伙子来桂林旅行。他们去漂流了夕阳西下的遇龙河，泡了龙胜矮岭初冬的森林温泉。谈到汉字的“滋味”，探讨了同样是“好看”，为什么汉语用“美”、用“丽”，也用“美丽”的问题——原来，在汉语的文化密码里，“美丽”里藏着两只远古的动物。他们离开桂林的时候，带了十来斤“德国很贵”的百香果。过了几天，来电话说快吃完了，想念——“百香果”的味道让他们想到桂林，想到在漓江边的青石岸边晒着暖阳喝果茶的“滋味”。

喝这样的果茶，还是适合在小寒节气的初冬，悠闲地读一两首淡远的诗，比如楚人兄一首名曰“僧侣”的诗：

尊者，此刻不是我向你问询的时刻
迷倒众生的微笑开在百花之间
我不问你一苇西来的旨意
我只问你回头时看到了什么
岸或者海，或者水鸟一只，浮云半片
彼时我立在雪地与天空之间
……

2015年5月15日

# 甘　蔗

一条步行街的两头，各有一个卖甘蔗的摊子。

街南口的甘蔗摊靠着一辆拖拉机，卖甘蔗的是一对年轻夫妻，夏天卖西瓜，冬天卖甘蔗。丈夫言语少，妻子话多而爽利。他们的甘蔗卖得比街面上的都贵一些。比如，街北口甘蔗摊的小伙子卖的甘蔗是一块钱一斤，他们这里要一块三。问为什么比别人贵，男的没开腔，老板娘已经从甘蔗的产地、价格、性味说了个明明白白。原来，他们的甘蔗从产地的田间地头直接批发来，是真正的福利镇产的甘蔗：福利镇的甘蔗紫皮油亮，人称“黑皮甘蔗”。这种甘蔗咬起来嘎嘣脆，嚼起来绵软柔和，汁水甘甜，夏天吃了清热生津，秋天吃了降火润燥，冬天吃了养脾健胃。黑皮甘蔗尤其能生津下气，对治疗肺热咳嗽、咽喉肿痛有很好的效果。老板娘二十多岁，讲起话来并不像生意人，倒像是读过书的大学生。他们夫妻俩每年找福利镇的农家订货，直接拉到桂林来卖。地头的批发价格八毛九毛。这个批发价格零售要卖一块三，生意才有得做。

每天晚饭后我去附近的小学接晚自习放学的儿子，散步经过这个甘蔗摊，有时会买一根。小老板帮选好，老板娘干练地用甘蔗刀刷刷刷削去皮，砍成一尺来长的小段，装在保鲜袋里递给我。一根甘蔗大点儿的八九块，小点儿的六七块。我买了甘蔗，再向老板娘讨一个保鲜袋，散步到小学门口，坐在桂花树下啃甘蔗，甘蔗渣就吐到保鲜袋里。深秋的时候，桂花开得一团团的，香气浮动，在月色下慢慢地啃甘蔗很有味道。慢慢啃，可以不经意间把最难啃的地方都啃得有滋有味。有一次，研究中古文学的胡大雷教授和他的夫人散步遇到我坐在树影下啃甘蔗，还感叹："你还能啃出一大堆白花花的甘蔗渣！"——言外之意是赞赏我牙齿不错。

记得去年夏天，上海《中医药文化》杂志的主编来给桂林市中医院的职工讲中医保健的地域特点。讲座之后，我与中医院的阳副院长陪主编到桃花江畔的一处以养生为主题的宅院参观。阳副院长抚着墙根上的皂角树，指指树上的寄生植物让我们看。这寄生植物绿莹莹的，藤蔓上有枝节。《中医药文化》杂志的主编是中医学博士，认识这植物是骨碎补。这种南方常见的草药，是治疗跌打损伤的药。于是，谈到桂林的中草药，其实就在我们生活中。在那院子里就见到了女贞子、白玉兰、芍药、银杏、石斛、菖蒲、常春藤、绿萝、柚子……整个院子就是个中草药植物园。路上遇到卖甘蔗的摊子，阳副院长随口谈到啃甘蔗固齿洁牙的功效："牙齿不好，就多啃啃甘蔗！"引得上海来的中医博士很惊奇。院长解释说："啃甘蔗增加牙齿的咬合运动，甘蔗渣还能清洁牙齿。多咬咬甘蔗，哪里还需要去牙科诊所洗牙！"我们身边都有养生保健的良药，很多良药不用花大价钱买。在民间，牛溲马勃、竹头木屑用好了就是良药。

阳副院长甘蔗固齿洁牙之说我听了就有了印象。于是，啃甘蔗也就有了解馋之外的“目的”。确实，三天两头啃一根“福利甘蔗”，牙齿的确感觉不错：清爽洁净。

阳朔的福利镇离县城不到十公里，是漓江西岸的一个小镇。据说旧时此地荔枝树成林，村舍掩映其间，所以名为伏荔村。谐音为“福利”。福利古镇人杰地灵，以“中国画扇第一镇”著称，老人小孩都专注于绘事，出了不少农民画家。有一年夏天，我从阳朔县城租了条小船荡到福利，在如画的漓江里行了一个多小时，碧绿的江水里山影静云影动。船行其中，靠着船舷打个盹儿，耳畔桨声哗哗响。江岸的大片大片农田，生长着茂密的甘蔗。甘蔗长长的梢在风中摇曳出清爽的气息。

步行街的另外一头也有一个甘蔗摊。摆摊的是个小伙子，小型拖拉机拖着一堆甘蔗。他的甘蔗卖得便宜一些。拿街南口老板娘的话讲，别人家的甘蔗是从五里店批发市场批来的，批发价是六毛钱一斤，卖一元，大家挣的钱差不多。她说她做生意的理念是，要卖就卖品质最好的。甘蔗是这样，夏天卖的西瓜也是这样，他们进货进最好的，从农家地头进，保证新鲜和地道。时间长了，这小小的甘蔗摊也就有了口碑，生意也越做越顺，回头客多。初秋天气热的时候，他们还弄了一台榨汁机，榨甘蔗汁。甘蔗汁五块钱一大杯，我觉得喝起来很痛快，只是没有啃起甘蔗来那么有意思。

下午下班的时候，我经过他们的摊位，有时会碰到一个小姑娘，蹲在摊位旁边的石头墩子上写作业，很专注，不知道是不是他们的孩子。在街头讨生活不容易，可他们总是很开心的样子。

前天夜里寒风凛冽，我走过他们的甘蔗摊，看到摆着一塑料袋糍粑。他们夫妻俩用一个小炭炉烤糍粑，乳白的糍粑在暗红炭火的炙烤下，一点点儿膨胀开来，散发出温暖的烤糯米的焦香。他们向我打招呼，邀请我尝尝。糍粑是下午从大圩来这里卖自家产的农副产品的农妇那里买的，三块钱一斤，味道不错。

地上积着一大堆甘蔗皮。到晚上九点，他们就收工回家了。

2015年5月23日

# 梧　桐

到成都出差，忙里偷闲，和几位朋友寻到鹤鸣茶社喝茶。

进了露天的鹤鸣茶社，时间还早。横七竖八的矮脚竹椅子海海漫漫摆满一个院坝。客人不多。我们拖过竹椅，围在一棵法国梧桐树下的石桌落座。

五月中旬，法国梧桐树碧绿青葱。我躺在竹椅上。二三十米高的树，浓密的树叶遮天蔽日，像一潭幽深清凉的井水在我眼里荡漾。院子里有几棵这样高大茂密的法国梧桐树，这些树绿叶翻动。清晨的阳光里，我们坐在树荫里，与树荫外的闷热如同两个世界。穿工作服的采耳手艺人在客人中间走来走去，手里的音叉弹拨出一阵阵低沉的颤音。这是他们在招徕生意。听一位采耳师傅讲，这段时间是法国梧桐最好的季节。要是前段时间来，飞絮漫天，会沾到人身上，让人厌烦。现在，新叶已经长成巴掌大小，绿得像玉，清爽。

采耳是成都茶院提供的有意思的项目。采耳师傅在耳边轻声对客人说采耳细节妙处。同行的朋友不敢尝试。我胆大，喊住一位师傅——既然到了成都就体验体验成都市民的日常生活吧。这老师傅让我躺舒服了，开始拨弄我的耳朵。这时，我眯着眼睛，能看见的只是一树绿叶由近到远。一明一暗，是绿色里闪过的斑斑点点的天色的光影。采耳师傅把掏耳朵的小绒球探进耳朵时，耳里一阵轻浅的痒，像一小粒石子投进平静的湖面，绽开一圈圈涟漪，若有若无，却又无远弗届。我看见一只褐色的小鸟飞进梧桐树绿叶织成的网，如同一只蝴蝶，翅膀扑闪了几下，停在枝头。采耳师傅轻轻抬了一下我的头，我眼里便是梧桐树斑驳的树皮，如同抽象的油画。细微色差的边缘形成蜿蜒的线条。耳朵里的轻痒向纵深处爬行。一只黑蚂蚁从梧桐树干往上爬，穿越灰绿和浅白交错的树皮，直到爬出我的视线。而耳朵里的痒却没有停留在某处。采耳师傅如同在拨弹古琴，轻轻触碰，细微而沉着的声波便沿着丝弦传递到幽深处。我微闭双眼，没有了绿色，眼睛还能感受到明暗远近的光影。这光影浮动着法国梧桐清远的气息。耳朵里，好像有几只蚂蚁在行走，耳道成了梧桐树的树身和粗大的枝干。蚂蚁们在耳道深处走过时，细碎的痒像潮水般向我漫过来。有时，闪过一点点的微痛，就是潮水里激起的浪头。采耳师傅屏住气，我耳朵里的蚂蚁便窸窸窣窣搬着收获物开始往回走。

我睁开眼睛。树枝上褐色的小鸟不见了。

采耳师傅换了个角度。我的眼前便是粗大的树干，树干后，廊庑上的石桌和几把矮脚竹椅。穿黄袍戴念珠大和尚打扮的人坐在竹椅里喝盖碗茶。只一低头的工夫，这绛头赤脸的大和尚一下子不见了，抬头时已是几个女子嗑着瓜子在打牌。一个面遮青色面纱的妇人和一个头戴白色小帽的黑须男子走过，还往我这边看了一眼，大约是好奇这掏耳朵的场景。乞讨残疾人走过来在朋友身边絮絮叨叨地诉说生活的艰辛，引得朋友的眼圈发红。卖日报晚报商报的老人来回走动，好听的成都话念叨着莫迪前一天晚上在西安和习大大喝了酸辣汤。

一粒干枯的梧桐果落到地上，啪嗒一声炸裂，絮状的籽粒牵扯着飞扬开来。

茶客多起来。来来回回的人在梧桐树四周穿梭走动。不一会儿，矮脚竹椅都坐满了喝茶看报纸或打牌的人。采耳师傅把我的头掰过来正过去，茂密的树枝树叶和洒落在石桌上的几点阳光在我眼前颠来倒去。咔嚓，颈椎正骨，被采耳师傅拉响了一声。我的脖子舒坦了许多。“鹤鸣”古旧的大牌坊旁边，我看见还有一棵法国梧桐树，亭亭如盖，掩映着大牌坊。枝叶和我身边这棵树的枝叶已经离得很近，两棵树的树枝相互探身招摇，想牵起手。

不远处的月亮门边的矮墙上，长满了紫藤和丁香。

采耳师傅把音叉探进我的耳朵里。我眯起眼睛，急促的金属弹拨声由轻到重，由近及远，抓住我若有若无的意识，抛掷到很远的地方。穿越法国梧桐树的树身，循着千万叶片飞到树的最深处。一片叶子的脉络就是一条条可以逆流而上的河流。穿黄袍的和尚、打牌的女子、蒙面纱戴白帽的那对男女，依然在树下喝茶、打牌、张望。

音叉的弹拨声渐渐消歇。采耳师傅笑吟吟地收拾家伙，收账。我身边几位朋友喝着茶，东拉西扯。我们朋友中的老大哥聊做“有意义”和“有意思”相结合的事情。一位朋友有些许困惑：“有意思容易把握，就像喝茶掏耳朵。有意义就难把握了，喝茶聊天掏耳朵的意义在哪里，这棵树站在这里的意义在哪里？——对于树来说。”我说，我“以身试法”，在鹤鸣茶社这棵法国梧桐树下，掏掏耳朵，感受一下成都的市井生活，还是很“有意思”。这五位朋友，想感受“有意思”的有三位，叫来采耳师傅，开始给他们掏耳朵。我和另外两位朋友，用塑料热水瓶续水喝茶，在树下继续东拉西扯。

忽而乌云滚过，阵雨降落，茶院的泥地里泥点飞溅，白雨跳脱。茶客们轰然从矮脚竹椅里跳起作鸟兽散。

我们在法国梧桐树下，树荫里，却没有被急雨淋湿，只有几点雨水从树叶间落下，落到头上。采耳师傅依然淡定地掏着耳朵，我和喝茶的朋友看着水帘般的雨，喝着这叫“雪水云绿”还是“深潭落花”的盖碗绿茶。

2015年6月1日

# 桑 葚

中午在“三碗油茶”店喝油茶，手机响了：“桑葚还要不要？要的话，我现在去采摘，乘灵川班车给你送过去！”

我想起前一天中午遇到的卖桑葚的老人。三里店大圆盘“大家庭”蛋糕店门口，三两个人围着一位老人。老人头发花白，穿破旧的蓝制服，握着一杆秤在卖桑葚。塑料筐里的桑葚一粒粒，拖着绿色的小柄，紫黑饱满，似乎要爆出汁水。我凑上去看看，说真不错，桑葚滋补肝肾，是好东西！老人仰起脸，皱纹密布的脸上漾开笑纹：“是哦是哦！我们那凯（那里）泡酒，喝了好好（很好）！”我想买两斤，可惜卖完了。一位姑娘订了桑葚，老人直接送上来的。那姑娘给了我老人的手机号，说需要的话可以请老人送。老人也要去了我的手机号，说第二天中午就可以送一些过来。大圩山上大片的桑林长势正好。有时，在山上还能采到几把野生金银花。

此时油茶店外细雨蒙蒙。我想着老人诚恳的表情，也想到绿树团团的桑林。我答应一声，送来吧。想到桑树林，于是和一起喝油茶的朋友谈到关于桑林的记忆。关于桑林，记忆中有一种青涩的气息，时而浓烈，时而淡远，却捕捉不到，无法确切表述呼吸到这气味的具体感觉。幼年，留下在茂密桑林里奔跑的记忆，耳边这种气息追逐至今，呼啸而至。略长大一些，记忆中有西北黄土塬，一棵孤零零的老桑树。立夏过后，桑叶由浅绿变深绿。几个顽童爬在树上望着遥远的枝头，那有几颗留在暮春的桑葚。桑葚随风摇摆。终于，一颗一颗被飞来的鸟儿啄去，我们的心才落了地。在土耳其安卡拉古城堡门前摊贩的干果摊上，一堆堆干果铺陈着，里面有一种毛茸茸的白色干果。尝两颗，甘甜柔韧，香味清淡而悠远。问起来才知道是桑葚干，是生长在土耳其干旱地区的桑树结的果实自然风干的。卖干果的土耳其商贩有时会扬起手，向巨石城墙上丢几颗桑葚果，留给在旧城上散步的鸟雀。

下班时，桑葚老人的电话又来了："采好了。现在就搭班车送到三里店！"我打着伞走过去，正看到那老人提着一只篮子抱着秤，从中巴车里挤下来，留神四处张望着找我。我给老人撑了伞。在树下称了桑葚，有十多斤。老人和我一起送到家里，我把篮子提上五楼，把桑葚倒在竹匾里，下楼把空篮子送回给老人。老人蹲坐在楼门口。细雨还在下。我撑伞把老人送到三里店灵川班车停靠站。和他聊了几句，知道他姓李，七十岁了，身体不是很好，干不了重活，钱难挣。这季节采桑葚、野菜、草药挣些钱。

"老板，你放心！这果子干净。山里的金银花也好，晒干泡水，喝了治牙痛。"他说着山里常见的几种草药、野果的采摘时令，邀我去大圩山里耍(玩)。我看着他花白的头发、粗糙的手、微微佝偻的背，感到生活不易，心里有点儿难过。我拿出十块钱给他，说就当车钱吧。老人推了两下，谢了一句收下了，在雨中的树下等车。

回到家，一家人围坐竹匾，一起动手，先用剪刀剪去绿色的桑葚柄，过水沥干，上灶蒸。蒸好后，晾在盆子里，待晾凉后放蜂蜜搅拌成糊状，装广口玻璃瓶，放几天便成了滋味醇厚的桑葚酱。

蒸的时候，酸涩的气味氤氲而来，起初类似陈醋的味道，随后又是微甘的气息。桑葚蒸好晾在盆子里的时候，我闻到童年时桑林的气息：微风拂过，桑叶唰唰轻响，叶片散发出毛茸茸的青涩味道。蒸桑葚时，隔着沸水，桑葚下放一只白瓷盆，桑葚汁便蒸馏出来流在盆子里。晾凉，桑葚汁酽酽稠稠，紫红色，如调了色的凝脂。这汁子太黏稠，喝起来极酸，得调开水才能喝。舀三小勺桑葚汁在一杯白开水里，舀两小勺蜂蜜搅拌，玻璃杯里浅红、深紫，如同一幅印象派的油画，形成令人眩晕的流动的色彩。喝起来，味道自然好极了。《诗经》里关于桑葚的诗句中好像谈到斑鸠吃了桑葚会迷醉，估计桑葚容易发酵。十多斤桑葚制成二十来瓶桑葚酱，不知道放一段时间是不是会飘出酒香。

从中医药理来讲，桑葚味甘酸，性微寒，走心、肝、肾三经，能补血滋阴，治疗阴血不足导致的头晕目眩，腰酸耳鸣，还能治疗须发早白等症。从事文字工作的人，平时用眼多，眼睛干涩，容易失眠烦躁，桑葚是不错的食疗养生食品。

桑葚干还没有做过——桂林的雨季太长了，桑葚长势最旺的时节，难得阳光灿烂的日子。

品着桑葚茶，想起遥远的安卡拉古城堡，幽蓝的天空下，古城门下散步的鸟雀，商贩抛给鸟雀分享的那一把桑葚干；想起雨中桑林里采摘桑葚的老人，云雾飘浮的大圩山野。

2015年6月8日

# 玉　兰

陕西师大图书馆大门两旁，各有几棵玉兰树。图书馆是梁思成设计的，中西合璧，古雅明朗。碧绿的玉兰树，洁白的玉兰花，与建筑风格搭调。二十多年前，一位年轻教师在课堂上谈到他学生时代的生活，最难忘的事是晚自习后散步到树下，经不住白玉兰银花雪香的诱惑，把一位女同学抱起来，去摘一朵花。

夜色里悄然开放的白玉兰很美。

我曾在玉兰树下遇见一位退休老教授，白发苍苍——他则由玉兰花的“浪漫主义”转为“现实主义”，和夫人在树下张望，等着玉兰花瓣在风中飘落。老教授告诉我，依着清代园艺家陈淏子的《花镜》做玉兰片，色相雍容，可以入画：用厚实的玉兰花瓣，涂上稀面粉、白糖，入锅油炸，油沸起锅，晾凉后装在青花瓷盘里，好看，吃起来香嫩可人。玉兰花瓣也可以做粥，粳米粥快煮好的时候，投入几片玉兰花瓣和山楂果煮熟，拌以蜂蜜或冰糖，吃起来酸甜清香。校园里的老花工扛着剪枝用的小梯子走过来，在树下架上梯子，剪几朵开得正好的玉兰花给教授夫妇。

前些年我经常到南京出差。我喜欢住在中国科学院的古生物所的招待所。古生物所是一座民国风格的院子，是民国时期的国立中央研究院所在地，紧靠着鸡鸣寺，院墙外就是鸡鸣寺路。院子里有几棵高大的白玉兰。

我住在里面的二层青砖小楼。办好入住手续，值班的安徽口音的大姐抱着洗晒得暄暖的被子进来，房价每天六十元。从房间后窗可以看到背阴的山坡上，各种植物绽开各色花，听到鸡鸣寺传过来若有若无的诵经声。

前面的那座楼李四光住过。屋顶是民国风的靛蓝琉璃瓦。院子里有古生物所的办公楼、博物馆。从简朴的院门进来，就是绿树掩映的上坡路。一路上陈列着不同地质时期的古生物标本。冬日初雪，我住在这个小院。玉兰枝条舒朗，叶子落尽，枝头的花蕾却在冰雪里萌生出来，有点儿像带着绒毛的果实。雪后天晴，烛焰般的花蕾偶尔落下来，安徽大姐去捡来晒在一楼厨房的黑瓦上。她叫这花蕾为辛夷，说可以治疗鼻炎。我找来植物图谱看，一查才知道，原来玉兰花的蓓蕾就是中药辛夷，“性温味辛”，入药能够祛风散寒通窍。安徽大姐厨房的黑瓦上，常年晾晒着植物的花叶，玉兰花的花蕾、花瓣都见她晒过。她说，晒这些花叶，不能对着阳光下晒，而要对着清晨的或傍晚的日光阴干；有月光的夜里，也可以晾晒。这样晒干的花叶香气和药性涵得住。比如这玉兰花阴干后，她说在她老家安徽，和着绿茶泡开水喝，就可以治疗中暑；和苏叶一起泡茶喝，还可以治疗风热引起的感冒头痛。她指着院子里的玉兰，一年收拾打理这几棵白玉兰，就有不少事情做。这院子里有几十种乔木，草本的植物数不胜数。一年四季在院子里就看着这花草树木的变化，二十四个节气，像看画片一样，与看画片不同的是被不同的植物气息围绕着。她忙里忙外，在清朗的天空下，日子过得有滋味。

过了惊蛰节气，白玉兰花蕾初绽。此时花的颜色是淡淡的绿白。古生物所院里其他花尚未开放的时候，白玉兰已是千枝万蕊，站在树下似乎可以感受到树的吐纳，清香浮动。清晨阳光里的玉兰花，清丽明净。隔壁住的是来生物所考研的女生，一早就在树下读书，读累了，舒展身姿练瑜伽。安徽大姐已在招待所下面洗床单被罩。洗好后，一床一床的床单被罩，晾在楼下的几棵桐树间，时而被风吹起。床单和被罩不是寻常酒店那种白腻的布料。家常粗布，简单的深绿条纹，看上去舒服。我和来看我的艺术家老杨，在二楼的楼道上坐着，看玉兰树时而飘落的花瓣。我从楼下厨房提来两壶热水瓶，和老杨喝茶吹牛：这玉兰美，美得让人——让人只能安静地看着！要是能把这招待所租下来二十年该有多好！我们可以在这里搞艺术设计，做期刊出版。老杨还真为租这招待所去问过管事的人。古生物所负责后勤的人不同意：开这个招待所，不为赚钱，就是为了方便来所里出差的客人。

三四月间我再去住的时候，院子里那几株高大玉兰树已在夜风中绽放出一树繁花。玉兰的白，染上月光，形成银灰的光晕，随着月影变幻着浓淡。置身其中，落地玻璃构筑的古生物博物馆里，那条巨大的恐龙好像要探出身来，走过数千万年和我一起走到这个夜色朦胧的小院。小院里的青藤下镶嵌着寒武纪的古生物化石，一个剑龙的雕塑在树影里张牙舞爪。这里的时间单位是亿年。玉兰绽放的一瞬，隔着五亿年的时光，与嵌在化石里的鹦鹉螺，一起来到我眼前。

听甘肃朋友讲，甘肃天水甘泉镇的玉兰村有个太平寺，里面有两棵玉兰树。这两棵树据说有一千二百多年的树龄，树高二十五米以上，树围两米多。树在春分时节开花，未生叶子先开花，西北干燥纯净的蓝天里，满树繁花如雪，映着古建筑旧殿翘檐上的兽头。二十世纪五十年代，在两棵玉兰树旁边修建了“双玉兰堂”，白石老人题额，有刀刻斧凿的金石气质。杜甫在唐肃宗乾元二年（公元759年）流寓秦州，曾在这里驻足。杜甫写下一首《太平寺泉眼》，提到此间“林影趣”。或许杜甫曾在这两棵玉兰树旁走过。

那时，这两棵玉兰还是小树。

2015年6月15日

# 薏　米

这些日子天像漏了一样，雨一直哗啦啦地下。刚过小满节气，身上就有点儿说不出的困倦。

于是骑车昏头昏脑沿着山脚下的朝阳西路去六合圩。山脚苔藓蔓延，祝圣寺前灵剑溪浊水暴涨。我披着塑料雨披，雾水般的细雨扑面而来，惹得身上也湿漉漉的。好在大雨已经停下来，沾在身上的是毛毛雨。山崖下，市政的标志牌提醒暴雨多发，小心坠石崩落。过了山崖下的庙门，就听见大棚里几十桌老人在打麻将和字牌，传来彩调咿呀声。我找了樟树旁一个用废弃的广告布围起的小隔间，请摆草药火罐摊的老阿姨帮我拔火罐。

身上湿气重，先走罐后拔罐。竹罐酒精烧了以后，抹了陈年茶油，牢牢粘在我的背上。老阿姨力道大，每走一下罐，就像用蘸了水的皮鞭狠狠抽在我背上，受刑一般，我痛得咬牙屏气。老阿姨数着，走了九道罐。之后就是留罐——留罐更痛，背被火罐吸得紧紧绷绷，身上的皮都感觉被揭掉了。我暗暗忍住，心里“一、二、三、四……”默默数数，眼睛盯住眼前那方地，不去想背上的痛楚。老阿姨忙乎完，说几句闲话：“桂林这地方湿气大，可以喝点儿薏米粥，也可以把薏米炒焦了泡茶喝，能化湿。”拔罐后，身上轻松多了。老阿姨收了十五块钱，让我一周后再去拔一次。

起身后就到石桥头的草药店去问，有没有炒薏米卖。草药店的柜台上卧着只大白猫，抬眼茫然地看了我一眼，继续打瞌睡；柜台下面趴着的一只小土狗见到有人进来，拨弄着短尾巴，热情地追着我的后脚跟扭来扭去。卖草药的姑娘答话，薏米菜市里有。看我一头雾水不知道哪里去找。她掩上店门，带我去几步远的菜市米行。小土狗从门缝里挤出来，跑着追上来。菜市里，家家米店都有卖薏米的。薏米圆球形状，灰白色，摸上去表面光滑，侧面有条黑色的沟，沟底粗糙。选薏米的时候，姑娘咬开一粒，里面粉白。她抓了一小把，告诉我薏米的好坏。她让我选粒大饱满颜色白的。

这位卖草药的姑娘家是祖传草医，懂得不少药理。在米店选薏米的时候，说这薏米用黄土炒制煎汤，能治疗疝气。桂林民间有小调唱薏米“薏苡胜过灵芝草，药用营养价值高”什么的。薏米是桂林特产，在北部的兴安全州等县都有出产。她老外婆家还种了几分地的薏苡。她告诉我，薏苡有点儿像稻子，但比稻子疯野，也比稻子长得粗长得高，叶子也大一些。七八月开花，秋天结果。收割时，把整棵薏苡割下来晒干，用石磨碾压带壳的薏苡果实，去了壳晒干，就是薏米了。

买了两斤薏米回家。我随手查了查手头的资料。闻一多甚至认为，《诗经》里“采采芣苢”的“芣苢”就是薏苡，而不是车前草。《史记》里记载大禹的出生：禹母“吞神珠薏苡，胸坼而生禹”。西汉王充在《论衡》中认为，大禹的母亲吞食薏苡仁而生大禹，所以夏姓为姒。《后汉书》还记载了马援与薏苡的典故，说是马援征战岭南的时候，由于南方山林湿热瘴气肆虐，他和他的部属食用薏苡仁祛湿，预防瘴虐之气，身轻矫健，得以屡立战功，平定南方。苏东坡还专门写过一首题为《薏苡》的诗：“伏波饭薏苡，御瘴传神良。能除五溪毒，不救谗言伤。……两俱不足治，但爱草木长……”这里写到的“谗言”，是指马援平定南方后，凯旋时带回一车薏苡种子，想引种到北方栽培，被人诬陷为搜刮民间珠宝，使得伏波将军受到不白之冤。后来，“薏苡明珠谤”就成为一个典故。从这个典故也可以想见薏米仁珠圆玉润的可爱形态。

正如灵剑溪边帮我拔罐的老阿姨说的，每个地方都有每个地方的气候特点，每个地方也会出产治疗当地常见病的草药，也正如苏东坡在《薏苡》诗中谈道：“草木各有宜，珍产骈南荒。绛囊悬荔支，雪粉剖桄榔。”桂林湿气重，也出产各种有祛湿疗效的植物。薏米就是其中的一种。桂林有各种薏米的吃法，寻常的吃法有煮粥、烧饭、炖汤，不少甜品店也用薏米做成甜品。东坡说薏苡“不谓蓬荻姿，中有药与粮”，甜品店以常喝薏米汤有美容、减肥的效果为卖点吸引爱美的女顾客。其实，所谓美容减肥效果，不外乎薏米药性甘淡微寒，能利湿健脾，舒筋除痹，健康的脾脏功能形之于外，皮肤自然光泽细腻，粉刺、雀斑、老年斑也就变淡消失。脾胃功能好了，运化能力强，身轻体健，也就不容易肥胖。

我用买回来的两斤薏苡仁做实验，一斤慢火炒来泡水喝，一斤打磨成粉熬成糊糊当早餐。喝茶取的是焦香味道，也以焦祛湿。喝完了薏米糊，我想，还可以把碗底粘的那点儿糊糊刮下来糊在脸上当面膜——只是一早要赶去上班，还没有时间试。

我有一个朋友名字里有个“苡”字，做健康文化产业。喝茶谈天，我建议他赶紧以他的名字注册一个商标，做薏米为原料的健康产品，比如祛湿养胃的薏米饼干、美容养颜的薏米面膜，或许将来会有大发展。桂林的薏米产量不知有多大，是否也可以作为绿色有机的农产品做深加工——我们东拉西扯谈了半天，喝淡了现炒的带有焦香的薏米茶。

2015年6月21日

# 荔 枝

今天下班经过邻居家门口，刚好邻居开门，看见我，说恰巧北流的朋友送了一箱荔枝，她一定要分一些给我拿回家尝鲜。捧着一大包还带着绿叶的鲜红荔枝，我回到家搁在餐桌上，边读闲书边吃。一会儿，荔枝皮和丁香种子般小粒的果核就堆了起来。

北流荔枝甜，肉厚核小。剥去皮，是白嫩晶莹的果肉，浆水流溢的果汁。这新鲜荔枝，让人唇齿之间甘甜芬芳。

记得十几年前出差到北流下面的一个乡镇，正是初春时节，在一个浓荫笼罩的农家院子打尖喝茶。这是当时乡村小学旁边的一个简朴农家，三四间瓦房，斑驳的土坯墙，一溜溜陈年的黑瓦，瓦楞上莎草轻舞。这岭南风格的农家老房子在新式的三层水泥楼林立的村庄里很不起眼。那棵荫蔽了大半个小院天空的绿树正是花期，银光闪烁，满树繁花。听这家老人讲，树是他的曾祖父修造房子时在光绪年间种下的，一百多年了，有十多米高，五六个成年人才能抱过来。黑黢黢的树皮呈龟裂状，三条主干形成半圆形的树冠。枝条纷披，油绿的老叶子密密麻麻生长成一簇簇，枝梢上又生出柔嫩的叶芽。在日光里，叶芽浅绿，被团团雏叶护着。荔枝花是穗形的，多数没有花瓣，几个小花蕾组成一个花组，一个个花组又结成团团的花枝。茂密油光的绿叶，银白嫩绿的花簇，在院子上空里拥挤着。听主人讲，这老房子住着舒服，土坯墙有三尺厚，冬暖夏凉。早些年，院子里还有一口井，井水甘冽。入了伏天，从树上采摘一大捆荔枝搁在桶里，用井绳把一大桶荔枝放下水井，隔着桶浮在井水里，一个钟头后提起来，荔枝上挂了水雾，沁凉。这时荔枝熟透，香味纯正。一家人在树下围坐石桌，吃井水镇过的新鲜荔枝，在暑热天里真是享受。可惜这几年井水水位越来越低，村上也安装了自来水，老井废弃，吃不上甜井水镇过的荔枝了。

主人说，这棵树花期有一个多月。这一个多月里，花如潮涌，引得蜜蜂赶圩般拥挤在花丛里。这光景每年都会热闹好久。这蜜蜂既有野蜂，也有赶着花期的养蜂人用卡车拉来的蜂群，聚到这里，就像一家人，他们也从来不去驱赶。等花期过了，养蜂人开着大卡车往北赶的时候，也会送几瓶荔枝花蜜给他们尝尝。说着，这家老人拿出一玻璃瓶蜂蜜给我们看。这蜂蜜琥珀色，打开瓶盖，散发出浓烈的荔枝花香。几只蜜蜂飞过来落在瓶盖上。老人聊起来，这是几年前的花蜜，存放在谷桶里，一点儿没有变质。在北流，荔枝蜜是当作滋补品的，有荔枝花果的甘甜芳香，却无荔枝果的热性，有补血理气的功效。主人一家老少，出生在树下，生长在树下，这棵荔枝树也和他们的亲人一样。老人七十多岁了，还记得他小时候，村里来了很多讲外路话的先生和学生，借住在村里的祠堂和大户人家里。

他家也住进来几个学生。清早，学生在这树下教他写字。月光下，荔枝红了，先生和学生来这院子里吟诗唱和。他跟在父母和哥嫂后面，摘来一大竹篓荔枝给先生和学生们吃。后来，我和当地学校的朋友谈起来，才知道老人讲到的“讲外路话的先生和学生”，是抗战时期逃难到这里的江苏省的一所高等学校的师生。国难时期，当地乡民曾捐出祠堂村舍和粮食，提供给流亡到此的师生办学。流亡师生在此办学，也培养了不少当地乡村子弟。那家老人还会用江浙口音吟诵几句诗文。

那次出差到北流，一路上，见到大片的开花的荔枝林。可惜没有赶在结果的时候，没能吃到刚摘下的荔枝。每年五月中下旬，荔枝开始上市。桂林的街头，水果摊纷纷摆出不同品种的荔枝。摊贩用毛笔在水果纸箱上写上“妃子笑”“挂绿”“绿衣郎”之类的名称。有的年份，荔枝大丰收，大量的新鲜荔枝上市，两三块钱就能买一斤。五斤十斤地买回家来，一家人围在餐桌上吃荔枝，也成了盛夏的一件乐事。中医认为荔枝性味甘酸、温，入肝、脾二经，荔枝有生津养血、理气止痛等功效，能治疗烦渴、呃逆、胃痛、疔肿等症。《本草纲目》中称荔枝“甘温滋润，最益脾肝精血，阳败血寒，最宜此味”。民间有用荔枝核治疗胃脘痛和疝气痛，盖因其性味干涩、温，入肝肾二经，可温中理气、止痛散结。

或许因为红颜冰清的外形，芳香甘美的滋味，荔枝从杜牧的“一骑红尘妃子笑”起，到引得苏东坡“不辞常作岭南人”，都有点儿难以言说的情味。白石老人在他的《自传》里记载了与荔枝的一段因缘。光绪三十三年，他在钦州旅行，正逢沿路荔枝树上结着累累果实，红绿掩映，非常好看。他以荔枝入画，红艳喜人。当地曾有人拿来许多荔枝来换他的画，被他引以为风雅之事。在钦州，白石老人还捧过一位歌女的场，歌女经常给他剥荔枝吃。白石写了一首纪事诗记荔枝和这位歌女："客里钦州旧梦痴，南门河上雨丝丝。此生再过应无分，纤手教侬剥荔枝。"

那是公元1907年，到现在转眼一百多年了。那荔枝，和荔枝上市时节的纷纷细雨，依然似在眼前。

2015年6月28日

# 藿　香

五月湿热天气，雨时停时下。披着雨披背着背包徒步在山路上，身上裹着一层汗，头痛欲裂，我好像走进了云里雾里。路过山脚下一户人家，坐到路边柳树下休息。我看到这户人家的院子里一大片淡紫的花，远看像薰衣草。走近看，一簇簇索条状的花簇绽放，并不像薰衣草是米粒样的花簇。

大片大片的绿叶青碧柔软，散发着清香。闻了闻香味，我想起来，这植物是藿香。

这户农家楼门紧闭，喊了两声没有应。我探身摘了一把藿香叶子，揉碎塞进热水壶里，又掰了块红糖放进去。水壶里的水还是热的。我拧紧盖子摇晃了一会儿，便趁热喝起了这自制的“藿香正气水”。雨就在这个时候停了下来。河对岸的起伏山峦上，阵云如墨汁打翻在宣纸上，浓浓淡淡地洇开。太阳突然从云里挣出半个脸，半个天空瞬间明亮起来。

喝了半壶藿香水，头不怎么痛了。热水浸泡出来的藿香水颜色青绿。加进了红糖，青的颜色便更深，喝起来有浓酽的甘甜清香的感觉。藿香浓烈的香味闻起来像一阵山风带雨拂过，清凉中有些许粗粝。

我在这户人家门前坐了一会儿。一位戴着斗笠背着渔篓的中年男人走过来，后面还跟着一挑着一担芋头苗的农妇。他们在院门前停住。正是这家主人。我打了个招呼，告诉他们摘了一把园子里的藿香叶。他们笑笑说，叶子多的是，摘就摘吧，并让我到院子里坐。中年男人摘了几片叶子放进嘴巴里嚼着。他说，下了河湿气太重，得解解湿毒。说着，他把鱼篓里的鱼倒在水盆里。水盆里一时银光四溅，鱼激烈地挣扎蹦跳。他们这个农家院也是个小客栈，接待徒步旅行的客人。

我放下背囊，点了水盆里一条两三斤重的乌草让女主人做道菜，就去园子里看满眼的藿香。

《红楼梦》第十七回里的大观园是个香草植物园。我记得贾宝玉经过蘅芜院时看到过藿香，想来也是薛宝钗住处前面山石路下种下一大片这样的藿香。这种香味浓烈的植物与薛宝钗蘅芜院清冷寒素的格调似不搭界。江淹是藿香的知己，曾经写过一篇《藿香颂》，说藿香"微馥微薰"，善养青芬之气。

女主人提着个篮子来园子里采藿香叶，和我聊了几句。藿香在乡下又叫山茴香。他们起初种的时候并不太精心。前几年买了几两种子撒在地里，就每年生长，几乎大半年都开花结果。藿香的主干直立，长得旺的已经长到一人来高，圆柱形麦穗样的花序有的是浅紫色，有的是紫红色。女主人说，撒下种子第一年的花也就一两分地，几年后，屋前这一大片空地都成了藿香的领地。也许是因为紫色花的原因，很多人以为是薰衣草，路过他们家这个园子时都会来看看。藿香不怕气温高，越是阳光充足长得越旺，也喜欢湿润多雨的生长环境。他们家在山脚下的河边，藿香长得最旺的季节，远远看过来，一大片紫色围着楼房，很多游客都说像画一样。更难得的是香——藿香的香不是“傻香”，闻起来让人清醒。她家的农家菜也因藿香而颇有特色：用藿香的嫩茎叶做凉拌菜、调汤，也用藿香叶炒菜，用大片的老叶子裹着糯米粉做团子，味道都不错。藿香具有健脾益气的功效，晒干的叶子和根茎还能当作菜的香料。夏初暑热天，用晒干的叶子和根茎泡茶水也不错，一般暑痧初起，喝了就能祛湿止吐。

桂林这地方湿气重，南风天来的时候家里墙壁上都会流出瀑布。乡村里，这样的湿热天里还要顶着大日头到水田里打理庄稼，下河捉鱼，他们夫妻一天下来背上的汗水没有干的时候，衣裳湿透晒干晒干湿透不知要多少次。以前每隔三四天，他们就要刮痧拔罐来解湿热带来的困乏。这两年，他们晚上睡觉前用灶锅煮藿香汤洗脚、洗澡擦背，觉得祛湿的效果还不错。

知了在河边柳树上还没有叫几声，雨又开始下起来。对岸的山峦被雨雾涂抹成一幅生动的水墨画。

我站在屋檐下看了一会儿雨中的山水。灶房里飘出鱼香，女主人喊我吃饭。一锅鱼和一钵浓汤端上桌：女主人把乌草一鱼两做。鱼肉切成片煮，蒜米、生姜、红艳艳的辣椒围着一锅白白的鱼片。炭火微红，红汤冒着热气时不时咕嘟一下，香味扑鼻。这时，围着围裙的女主人又端来一大碗绿莹莹的藿香嫩叶倒进铁锅里。藿香的清香便弥漫在屋里。乳白的鱼汤里搁了切成丝的藿香叶，鱼汤多了藿香的清鲜浓香。窗外园子里的藿香在雨中染成若紫若蓝的一道明亮的色彩。

吃完饭，我接着赶路。男主人摘了一篮子藿香叶子送我，说路上劳乏可以嚼几片叶子。女主人说，早上在煮好的粳米粥里也放几片藿香叶子滚一滚，或者用藿香叶子煮了汤再用汤煮粥，加上白糖就是很好吃的藿香糖粥，三伏天吃了能解暑湿。

我索性向他们讨了一小包藿香种子。

回到家后，我把种子撒在大阳台一个废弃的花盆里。一天清晨，不经意间，我看见一簇簇藿香苗密密麻麻长满了花盆。我把苗移种在花坛里。又过了十来天，藿香主干长出小小的叶芽，在晨风里招摇着。阳光里，似乎已经可以闻到藿香那特别明亮爽朗的味道。

2015年7月5日

# 艾　叶

又是一个被雨淋湿的端午节。一大早起床，天蒙蒙亮，听着雨声，我坐在朝向阳台的茶室里点了一段艾条灸足三里。

雨声淅淅沥沥。艾条燃起一缕烟，袅袅婷婷，飘浮在我手里。艾绒烧红处瞬间便是一抹轻灰。这是存了多年的艾条，细微沉稳的味道，不似新艾暴烈。眼前，阳台上的瓜藤在雨里一夜之间挂了几只小黄瓜，黄色的花朵在朝雨里醒过来，葱茏的绿意蔓延到视线之外。

悬挂在阳台门外的艾叶也被雨淋着，好像就在山野的小河边。几年前，我陪我的一位大城市来的大学同学沿着漓江闲走，走到大圩古镇，在古镇的青石板小巷里，走进一家草药店。一位老药师正在炮制中药。他把晒干的艾叶选出来，用铁碾子碾出艾绒，再用绵纸卷艾条。老药师不说话，专注地碾艾绒、卷制艾条，把卷好的艾条整齐地码在竹箩里。整个药店散发出艾叶的清香。古镇来往人少，桥头边这家中药店显得冷清。闲坐在门口的椅子上，看日影在碾磨艾叶的隆隆声里移动着。日影一点儿一点儿偷偷穿过雕花门窗移进店堂，斑斑点点的日影映在老药师身上；又悄悄移出店堂，融进石桥下的流水声里。

老药师一直在那里低头忙碌。

药店的门扇上贴着用红纸写的一副对联，严整规矩的唐楷。晒艾条的箩筐上，也贴着一张红纸，上面写着“产于山阳，采以端午”云云，颇有点儿古雅的情趣。

我和同学坐在门前的木椅子里看老药师手工卷制艾条，听他讲艾叶在草医眼中的治疗保健作用。艾叶是菊科植物，桂林的荒山野岭里随处可以寻见。河南汤阴和湖北蕲州的艾最有名，前者叫“北艾”，后者叫“南艾”。这两个地方出产的艾绒艾条是中药里的“地道药材”。桂林的艾叶也还不错，白绒绿绒都有。每天一大早他上山采艾叶，采回艾叶后用清晨或傍晚轻柔的日光晒几天。待到干透，再把细嫩、艾绒厚的艾叶择出来。选出的艾叶展平后多是椭圆形，叶面的上表面是深黄绿色或灰绿色的，有稀疏的柔毛，叶面的下表面生着浓密的灰白绒毛。晒干以后，艾叶质地轻柔。精心择出的艾叶很容易揉碎，用手揉搓就能揉成细绒，用碾子一碾就更细了。揉过艾叶的手沾染了艾叶的芳香，有种细切的苦意。

制作艾条剩下的叶梗碎屑，也是好东西。端午节前后，傍晚靠着河沿摆上桌子，借河风的一丝清凉吃饭，很惬意。就是有一点不好，盛夏河边蚊虫多，要用蒲扇时不时拍打小腿。这个时候，左邻右舍到草药店讨一簸箕艾叶碎梗，在将熄未熄的烧水焖饭的小炭炉里撒上几把。不一会儿，艾烟冒出来，在头上、脚边飞来飞去的蚊虫闻到这气味便逃之夭夭。

老药师说，艾叶性味辛、苦、温，归肝脾肾三经，有温经止血、散寒止痛的疗效，用艾叶熬水洗，可以祛湿止痒。看了老药工制作艾条的过程，我和同学花了几块钱买了两条。老药师告诉我们，艾条存放在阴凉干燥的地方，比如陶瓷罐里，只要不受潮，能存放好多年，而且，越陈治疗保健的效果越好。我的同学带着老药师制作的艾条回到大城市，开始爱上艾灸保健，听说效果还不错。

艾叶一般外用，很少有内服的。而桂林的艾叶不仅入药，在民间还入馔。那年在阳朔，我们就吃到了艾叶粑。艾叶粑是用糯米和艾草的嫩叶制作成的。艾叶粑可以算得上是桂林美食。我们在阳朔吃过艾叶粑，还兴致勃勃地到厨房里了解了制作过程：先把糯米用石磨碾成细粉放在一边备用，把艾叶择出细嫩的部分洗干净，要放在锅里和沉淀清的石灰水煮熟。艾叶煮熟后变成了靛蓝。再趁热把煮熟的艾叶放在清水里搓洗，把苦涩淘洗出去，用打浆机把熟艾叶绞成糊状。这时，再把芝麻、花生、白砂糖炒香，用石臼研磨成细粉。然后把艾叶糊糊、土制黄糖块放进锅里熬煮，熬成一锅深绿的汤汁，再与糯米粉搅拌揉搓——揉搓得越充分，做出来的艾叶粑筋道越好。揉搓好了，包进芝麻、花生、白砂糖做的馅料，搓成圆形，放在洗干净的柚子叶上放进蒸笼里蒸。为什么要放在柚子叶上蒸，我想，大约一半是借柚子叶的清香味道，一半是借柚子叶的绿意。这样蒸出来的艾叶粑绿莹莹的，清香扑鼻，正是端午时节天气湿热引人食欲不振时的食疗佳品。

中医里说艾叶“有小毒”，阴虚血热的人不宜食用。民间用淀清的石灰水煮，应当是为了消除艾叶的“毒”。其中的药理，事关食品安全，还得请教请教专业人士。家里老人听说了艾叶粑的制作方法，每到春末夏初，也带着孩子去河边山野采嫩艾叶，试着制作艾叶粑。做得多了，颇得桂林艾叶粑的神韵：甜糯、清香、微苦。乡野的气息，家常的温暖。吃到这个味道，耳边就似乎响起端午时节漓江上赛龙舟的隐约鼓点；想起乐群路上端午前后一担担从乡野挑来的艾叶、菖蒲，六合路集市里路边堆满的鱼腥草、两面针、香茅、大风根那些散发着香味的药草。

端午节的清晨，在这细切的艾烟里，我还想起小时候在关中北部的生活。每到端午，巧手的女孩子用碎花布缝制成各种各样的香袋，用五色棉线像裹粽子一样缠成香包，香袋和香包里放进用白芷、川芎、甘松、排草等芳香植物研磨成的香粉，好闻，戴在身上有驱邪疗疾的意味。印象最深的还是用艾叶菖蒲熬水洗澡、吃煮鸡蛋和大蒜的习俗。北方的粽子是糯米或者黏小米（糜子）加红枣裹的，习惯吃凉粽，蘸着白砂糖吃。吃这餐饭的时候，多在小院的树下，那时也燃着用艾叶编成的麻绳一样的驱蚊烟。

阳台外的雨渐渐停了，便把手里的艾条搁在瓷盘里。我骑上自行车去六合路转悠转悠去。

2015年7月12日

# 丝　瓜

十多年前的一个初夏，我骑着自行车在穿山路逛，遇到一个戴着草帽卖丝瓜络的老头。老人蹲在一道砖墙下，跟前是一小蛇皮袋丝瓜络。丝瓜络一个个饱满白净，看上去不错。三块钱一个，洗碗刷锅，可以用蛮久。老人看我对丝瓜络有兴趣就说。

我用五十块钱把这袋丝瓜络都买了下来。洗碗刷锅，连洗澡擦背都有了。这事记得特别清楚，因为那天正是大雨后，漓江的洪水涨上来，顶翻了穿山路上的下水道井盖，江水汩汩涌出。有人在下水道井里捉鱼——还时不时真有漓江草鱼随着涌上来的江水跳出来。卖丝瓜络的老人蹲在那里好像是个渔民。其实，他不是渔民，是大圩种田的农民。

我一手提着蛇皮袋，一手扶着车把骑车回到住处。路过龙隐桥的时候，看到桥头那幢小楼上满墙的爬山虎绿得正浓。

天色转晴，我用清水洗好丝瓜络，挂在窗台上晾干。洗丝瓜络的水就倒在一楼的墙根里。丝瓜络晾干后，挺实用，尤其是洗澡，用丝瓜络擦身子比毛巾更能搓下泥垢。但得用心伺候擦澡用过的丝瓜络——如果用完了就丢在卫生间，没有几天就遍身起黑点儿，发霉了，也就糟了用不成了。洗完澡，用清水仔细揉洗丝瓜络，过几遍水，干净了，得挂在阳台上晾干。这样，一根丝瓜络洗澡可以用很长时间。我后来迷了几年中草药，不知从哪本本草书上看到，丝瓜络有通经活络的药效，煮水喝或者用丝瓜络擦身体能通络祛痒，对一般的小的经络淤阻引起的身体局部麻木痛痒有疗效。那包丝瓜络我用了一年多，除了洗澡用外，还干浴，感觉对皮肤确实好。皮肤有弹性还有光泽。不过，同一个宿舍住的学理工的李博士嗤之以鼻，觉得《本草纲目》之类的书类似巫书，认为我的感觉只是心理作用罢了。

洗丝瓜络的水倒在墙根下，墙根里不知什么时候居然长出一片丝瓜藤。待我留意到的时候，丝瓜藤已经爬上了墙，两三棵桂花树间绑着的晾衣裳的铁丝上也爬上了藤蔓。估计是洗丝瓜络洗出了残留的丝瓜籽，丝瓜籽钻到地里扎下了根。到了盛夏，巴掌大的碧绿青葱的丝瓜叶爬上宿舍的窗户，有月光的夜里，影影绰绰，像水墨动画，很有点儿苏东坡“承天寺夜游”的意境：“何夜无月，何处无竹柏，但少闲人如吾两人者耳。”同宿舍的小伙子在旧报纸上刷东坡体的大字。

天亮起床，能看到一朵朵金黄色的丝瓜花。过了几天，小丝瓜顶着蔫了的丝瓜花生长出来，毛茸茸的，可谓“萌”。有一两根挂在窗子上，绿莹莹的，从房间里看过去，像一幅生动的剪纸。这丝瓜是瓜体起棱的本地丝瓜，长得快，没有几天就尺把长了。那时，我和一个同学搭伙做饭，以做面条为主。同学是周人后裔，陕西西府人氏，做岐山臊子面堪称一绝，臊子干煸得酸香，臊子里的猪油在锅里熬得嗞嗞作响。我们一顿能吃一斤挂面，也就是说一个人一顿吃半斤。不知道那时怎么会有那么好的胃口。吃完臊子面后，摘两个丝瓜，简单刨一下，切两刀，丢进剩面汤里煮，煮得糯软。这丝瓜汤，真鲜。

喝着丝瓜汤，端着碗，看桂花树下隔壁的陈老大和胡老二下象棋，斗嘴、抢子，有时能为一步棋揪扯起来，摔倒在丝瓜藤里。很惬意的一个午后。

王世襄的公子王敦煌先生在《吃主儿二编》里写到刮丝瓜皮的窍门说："刮丝瓜皮有讲究，只去外皮，内皮则一点儿不能伤。丝瓜好吃就好吃在这层碧绿脆嫩的内皮上，仿佛是包裹在色白多汁的瓜瓤上的一层包浆。"这真是会吃的主儿了！我当年不经意间种出丝瓜，无意间把丝瓜丢进面汤里的时候，还没吃得这么仔细。那种鲜，嫩丝瓜的原味，囫囵吞枣般地吃了下去。

隔壁家属楼上独居的江老太提着篮子来摘丝瓜——江老太是这院子积年的老住户，养着一只目光炯炯的黑猫跟着她。李博士不乐意江老太来摘丝瓜，端着茶缸子喝着茶在江老太面前说几句现成话。其实，丝瓜长得快，摘了，不几天就又挂满了藤，不摘，就糟蹋了。老太只是选嫩的摘，并不理会李博士。黑猫弓身扑上瓜藤，去捉悬挂在丝瓜上的壁虎玩。过了几天，江老太楼下也种起了丝瓜，不过是光面圆形的，开的花也是黄的。老太时不时拿来几根她种的丝瓜给我们尝，一拃来长，不大，做清炒丝瓜有味道。做这道菜讲究火候，快刀斩乱麻。把鲜姜、蒜蓉剁细过油，旺火急炒，翻动几下就得起锅，这样吃起来滋味清爽鲜美。只是那时多用蜂窝煤炉子，有时火上不来，炒的时间一长，就成一锅汤了。不过，这样的汤加水煮煮，也清润可口，不难喝。

有一次，坚持长跑的李博士病了：长跑后中了暑，面色萎黄，两眼发木，口干舌燥。最痛苦的是尿不出来，滴几滴黄尿又缩回去，而尿意犹存。这病也不是什么大病，我记得我们老家那里叫“热结”，热气闭结。李博士在校医院打针吃药后，坐在宿舍门口发呆，不到两分钟就要进一趟卫生间，就是尿不下来。正巧江老太来摘我们楼的丝瓜，看到了，便抓了几把丝瓜叶子捣出汁水来给李博士喝。

满脸狐疑皱着眉头喝了半碗青稠涩苦的丝瓜叶子汁后，李博士的尿道畅通，一泻如注，还真好了。

2015年7月19日

# 黄皮果

路过菜市场，买了一大把黄皮果。我把自行车支在修车小摊旁的墙根下，坐在黑乎乎的矮脚小凳上和修车的老景一起吃黄皮果。

我拣大粒的吃，撕去黄皮果的皮，果肉果汁流到嘴里，味道酸甜，有点儿像西柚汁的味道。老景的手指头上有油污，用剥下来的果皮擦擦。他不好意思挑大的，抓到哪个吃哪个。摊子上那个小音箱里单田芳沙哑的声音，在讲“乱世枭雄”张作霖。

头发灰蓬蓬的老景穿着件洗得不见本色的中山装，皱纹密布，一脸苦大仇深的模样。老景是一家破产工厂下岗的工人，在我们小区小巷口摆了好多年修车摊，挣个仨瓜俩枣过日子。老景人实在。起初我和他并不认识，有一次，我修了车，身上没带钱。老景挥手让我赶紧去上班，钱下次给也罢，让我觉得这修车师傅挺大气，就经常在他这里充气补胎什么的。时间长了，便成了熟人。他和我都听单田芳的评书。平时也是乐呵呵的，今天这愁闷的模样还不多见。

原来是女儿今年大学毕业，还没有找到工作。吃着黄皮果，我开导他，是不是开家小店，拿时新的话来说就是“自主创业”。

我出主意，这小店和黄皮果还有关系，可以专做黄皮果的生意。

黄皮果是好东西，味道酸甜可口。在中医里说的长夏时节，脾胃运化容易失调的季节里，黄皮果还是养生的水果。长夏吃黄皮果能健脾降火，秋冬天吃还能化痰平喘顺气镇咳……我还没有说完，老景叹了口气，乱讲！秋冬哪里会有黄皮果吃！

我没有接他的话，继续聊我的。黄皮果食药两用，叶子、果实和种子都能入药，消食养胃、理气健脾、行气止痛，被视为天然“归脾丸”和“藿香正气丸”，能治疗食积不化、胸膈闷痛。而脾胃是“后天之本”，脾胃好，气血就好，皮肤美白……我想，开家专做黄皮果茶和甜品的小店或许有做头。我告诉老景，要是我开店，请他女儿来看店。

也难怪老景窝火：苦熬了这么多年把女儿供出来，找份合适的工作还这么难。

黄皮果是岭南乡间的寻常水果，农家门前场院里常种上几棵。和很多亚热带乔木一样，黄皮果树亭亭如盖，绿叶纷披，树冠油绿。乡村七八月间，常见老人孩子坐在老黄皮果树下乘凉，顺手摘几颗果吃，也是暑热的天气里难得的悠闲时光。我找植物所的朋友了解过黄皮果。黄皮果是喜光常绿植物，在树梢上发出新叶芽。开春时节，二三月萌发春梢，生出花穗。没有开花结果的春梢在六月里抽发夏梢，九月前后发秋梢，有的还能萌发两次秋梢。秋梢是第二年结果的母枝。在第二年的二月萌发花蕾，四月中旬黄皮果花盛开。黄皮果花有粉红、白、黄等色，花蕊黄，花小而细碎，显得土气。过了二十来天的花期，开始坐果。初萌的幼果颜色深绿，椭圆，逐渐变圆变黄。七月下旬到八月下旬是果熟期。黄皮果熟透后，果肉半透明，果汁充盈。黄皮果成熟的季节，桂林的菜市场、水果店里都会大量上市。黄皮果鲜果不耐保存和长途贩运，在北方的水果市场似少见。

黄皮果的食用，一般剥皮去籽吃果肉。有人说可以将果肉、果皮和果核一起嚼碎吃下，味道清苦，但能够降火去热，治疗消化不良、胃脘饱胀等症。这样以疗疾为目的清苦吃法我没有试过，想想就皱眉头，不是滋味。黄皮果有不同品种，有圆形、椭圆形的，也有椭圆而尖形的。喜欢吃甜的，有很甜的黄皮果品种，吃一会儿，果皮果核堆成一小堆，手指头都黏黏的。黄皮果也有极酸的，吃一颗，酸得人眉眼都能挤成一团，一般人受不了，孕妇想必喜欢。市场上卖得最多的是酸甜滋味兼有的，吃起来既不甜腻，也不会酸得愁眉苦脸。

黄皮果茶的制作也简单，把黄皮果洗干净，拿七八个果子掰开去核放在杯子里倒上开水，泡上几分钟，待开水晾凉，加入蜂蜜或白糖搅拌就可以了。黄皮果茶色泽淡黄，有橘柚果香气，喝起来甘甜微酸，是暑热天的应时饮品。

修车师傅老景说的有道理，“秋冬哪里有黄皮果吃！”黄皮果过了八月，市面上就少见了。可以在黄皮果旺季时晒黄皮果干，酿制黄皮果酒，制作黄皮果酱和黄皮果蜜饯。这些食品的制作过程颇有趣味。例如制作黄皮果蜜饯，把果肉里面的籽挤出来以后，不去皮晒干，加上蜂蜜、川贝浸煮，入味后风干，放进密封罐可以保存很久，吃起来味道不错，亦有行气开胃、润肺止嗽、消除口臭的功效。去年，一位朋友在黄皮果大量上市价格低廉时买来几百斤黄皮果酿酒。他告诉我用黄皮果酿酒，工艺也不复杂：将黄皮果洗净晾干挤掉果核，一层层铺在酒坛里，按比例撒上冰糖，之后封上酒坛子。黄皮果含有大量果酸，和冰糖产生反应，自然发酵，细微的酒香从陶制酒坛里散发出来。黄皮果带点儿草药香和西柚果香的独特滋味与酒香融为一体。陈放一年，酒色如琥珀，酒浆橙黄，果香浓郁。

黄皮果茶、黄皮果酒、黄皮果干、黄皮果酱、黄皮果蜜饯，以手工制作、健脾养生为特色，开这样一家小店，不知道能不能维持一两个人的生活。我把这事和一位做设计的朋友说了，他先帮我设计了“黄皮树下”和“黄皮树下乘凉”两个店招牌，注册了商标。商标图案是黄皮果树的剪纸风格的漫画，树下两个喝茶的人。

招牌的字用的是颜真卿的集字，敦实厚道而家常。

什么时候能开这样一个小店呢？做一个简单的手艺人，只做一间小店的买卖。

2015年7月26日

# 无花果

中午，我和一位蓄着一圈淡淡络腮胡的朋友走进南宁思贤路北一里。无花果难以形容的奇特气息，像浓烈的阳光一样扑洒过来。抬头看见一树无花果，密密麻麻缀在枝叶间，探过小巷墙头。靠墙的阴凉处，亭子长条石凳上，一个蓬头垢面的流浪女，侧着脸，躺着，若有思而无所思。

我们坐下来乘凉。

无花果叶片在阳光里轻轻颤动。无花果的气味掺和在阳光里，好像一瓶来自异域的香水落地，中亚干燥而高远的奇特气味爆炸开来。在这铺排开的气息里，隐约杂糅着直达云霄的诵经声。长出了院墙的无花果树招展着手掌样的叶片。缀在枝间的球形果实大多绿色，形状有点儿像倒挂的洋葱头，几颗大一些的已经是淡淡的紫红，沉甸甸地垂挂着，掩映在绿叶间。

穿灰青僧袍的和尚模样的人走过小巷，停住脚步，仰起流汗的胖脸张望无花果树。他伸手，摸不到树枝。他前后看看，小巷没有行人。他跳两下，手指头只碰到最近处的叶子。他抹把脸上的汗，苦笑一下，整整斜挎的黄布袋，回了一回头，继续走。

一阵风吹过，一颗熟透的紫红无花果落下，“啪嗒”砸在他头上，爆裂开来，汁水四溅。

躺在长条石凳上的流浪女“扑哧”一声，笑了。和尚模样的人抹了抹头上的果汁，吃惊地抬头看了两眼，讪讪地快步走开。

空中流云飘来，热风吹过。一颗紫红的果子落在路边的草丛。流浪女伸手捡过来，擦擦，把无花果拍扁，吃起来。又过了一会儿，又有一颗紫红无花果“啪嗒”一声落入草丛，她探身伸手捡起来，擦擦，拍扁了吃。

我和朋友看着正午的阳光穿过无花果的枝叶，袅袅婷婷，落在地上，光影如打碎的香水玻璃瓶。

坐在星湖北一里的胡桃里酒馆，吃沙拉里的无花果拌薄荷叶，和朋友聊起这神奇的植物。在盛产无花果的新疆阿图什，无花果被当地人称为“安居尔”。无花果生长在日照时间长、温差大的塔里木盆地周边，果实甘甜如蜜。阿图什无花果甜软浓香，汁水甘醇，层次丰富。塔里木午后强烈的阳光、冰凉如水的子夜星光、凛冽寒风以及温煦的晨曦，似乎都揉进了这果实里。

“安居尔”，就是“结在树上的糖包子”的意思。

无花果是人类最早栽培的果树之一，公元前地中海地区的人们已经把无花果当作美味果品。据说在被火山掩盖的庞贝古城里，熔岩还保存了一碟无花果果实，这说明当时无花果是当地居民食用的寻常果品。最早的时候，无花果出现在阿拉伯南部，后来传入地中海沿岸国家。由于气候适宜于无花果的生长，土耳其等地慢慢成为无花果的主要产地。在人类文化史上，无花果也留下了人类文明的记忆。传说罗马创立者罗穆路斯王子曾经受到无花果树的庇护，无花果树被罗马人尊崇为守护之树。在地中海沿岸国家的古老传说里，无花果也被视为“神圣之果”，是祭祀神祇的果品。最好的无花果，据说产自土耳其。在土耳其，无花果有很多品种，绿色、棕色、紫色、金色都有。土耳其无花果制成果干，甘甜柔软，是干果中的佳品。有学者研究考证认为，《圣经·旧约》里记载亚当和夏娃偷吃的“智慧果”，就是无花果。两位人类的祖先感到赤身裸体是羞耻的，于是，宽大厚实的无花果叶片成了遮蔽他们私处的绿色衣裳。无花果与佛教也有很深的渊源，在梵文里，无花果称为 Udumbara，音译为优昙波罗、优昙钵。释迦牟尼当年树下悟道的那棵菩提树，植物学分类是桑科榕属，亦即无花果属。西汉张骞沟通丝绸之路前后，无花果已经零星传入中原。唐时西域一带已经大规模引种，史籍称为“阿驿”，距今已经有一千三百多年。在中国医学谱系里，无花果这种外来果实具有清热生津、健脾开胃、解毒消肿的功效，《本草纲目》《滇南本草》等中医古籍都有记载。民间验方里以无花果单方治疗痔疮、痈肿、咽喉肿痛等症。

我工作的那幢楼的顶楼有个大天台。有同事把泥土挑上去，种了西红柿、丝瓜、豆角等蔬菜，还在一个陶制的大花缸里，种了一株无花果。每到春暖花开的季节，无花果树枝萌生出叶芽，叶腋下就会鼓出青绿色的果蕾。随着时光流过，手掌状的深绿色叶片舒展开来，果蕾一点点孕实，结出小小的果子。此时，无花果树开始散发出清淡而悠远的气味。等到果实长大成熟，整株无花果树散发出浓烈气味。在树下待一会儿，人会沉醉。人的意识迷离恍惚，好像浮在这浓厚的气味里。无花果属于浆果，卵形的果实分批成熟。到了七月，个头硕大的夏果开始成熟。夏果味道淡一些。八月到九月，秋果开始成熟。偶尔到顶楼看七星公园的远山和流云，不经意间看到满树鸡蛋大小的无花果挂满树枝，让人吃惊：在土陶花缸里居然能长出这么一树大气的果实!

在无花果树旁，我会摘几片叶子和几颗果子，学着新疆人吃无花果的样子：把紫红的果子夹在叶子里面，两手对拍三次，“啪”“啪”“啪”，无花果在叶子里汁水四溅，吃到嘴里甜美柔软，令人回味良久。

我这留着胡子的西域大汉模样的南方朋友，与新疆也颇有因缘，曾经走过很多戈壁荒漠，也走过空旷的田园人家。我约了他，找时间去新疆走走。

有各种植物引路，我们会走进走不到尽头的小巷。那里，流溢着无花果气息。

2015年8月8日

# 南酸枣

在虞山公园后门停车场停车，把车停在了一棵树下。这棵树十几米高，树干挺拔，树皮灰褐，枝叶青绿。

树身倚着公园粉墙，临着漓江，看上去很美。

我随口问收费的保安大叔，这树是不是樟树。六十来岁的保安大叔说这是棵酸枣树。他小时候经常吃树上落下的酸枣，酸枣吃了治咳嗽，还能健脾胃消积食。他指着散落了一地的果子给我看。

树上落下的果子蚕茧形状，淡黄色和淡绿色。成熟了的果子是淡黄的，捏上去有点儿软。熟透了的酸枣落在地上果汁溅了出来，像果冻，地上黏黏的。这酸枣和我在北方常见的黄豆大小圆圆的野生酸枣不是同一种植物，北方的酸枣是落叶灌木。保安大叔说，在桂林这酸枣也叫鼻涕果，春天开花能开四个多月。八月到十月，果子结满树。他坐在树下，能听到果子啪嗒啪嗒落地的声音。树高，也没有人架梯子去摘果子，嫌麻烦。

在江边一个餐厅的院子里吃饭，院子里也有一棵酸枣树。点菜时我看到柜台里泡着几玻璃坛子果子酒，其中有一个酒坛里泡的是淡黄的酸枣。老板娘介绍说酸枣酒是男主人自己泡的。我叫了一杯，轻轻摇晃杯中酒。酒液挂在杯壁，像帘幕一样缓缓落下。酸涩的果香含在酒味里洇染开来。酒色橙黄清亮，旋转起来，形成倾斜流动的旋涡。把玩着这杯酒，抬头看酸枣树。树冠轻轻舒卷着游云，很安静的样子。

听老板娘讲，店里卖的这种果酒是用白酒泡的，制作过程很简单，就在酸枣成熟期的两个月里，每天在院子里捡来成熟了八九分的酸枣，冲洗干净，控水晾干，积够十斤酸枣后，用十斤白酒泡，密封在玻璃罐或者陶罐里存放在阴凉处。经过二十多天的浸润，酒色由清变黄。这个时候，往往会有果酒的香味散发出来。果酒倒出来有点儿挂杯的时候就可以喝了——挂杯是因为果汁与白酒融合在一起，有了黏稠的质感。这种酒喝起来酸涩回甘。有时为了喝起来更顺口，会在酒坛里搁半斤冰糖或者蜂蜜。放了冰糖或蜂蜜的果酒，酸涩的味道便被中和掉一些，喝起来味道柔和。但真正喜欢喝酒的人不太喜欢。这样的果酒放了冰块在里面，喝起来酒精度更低，大抵有些类似于果味饮料了。夏日傍晚，在院子里的树下坐着，点一块烤羊排，就着这清凉的酸枣酒，看着漓江里游泳的人载沉载浮，是悠闲的享受。

老板娘说，老桂林人都说这酸枣能行气活血安神养心，也能消食醒酒。好饮酒的乡下农家，堂屋里会泡一两坛酸枣酒。其实，这样的白酒泡酸枣的果酒还不是真正的酸枣酒。真正的酸枣酒就是用酸枣作为原料酿的酒。以前，她一位喜欢玩酿酒的朋友在他自己开的酒吧里试着酿过，按照酿酒的学院派工艺教程做的。好在她院子里酸枣树每年出产的酸枣多，够这朋友折腾，折腾来折腾去，前几年酿出百十斤酸枣酒。这酒颜色倒清亮，但味道刚烈如西北风，一般人喝几杯就要倒，估计酒精浓度超过六十度了，于是没有几位客人愿意点。开酒吧的朋友自己说喝了以后，能梦见自己成了带刀的哥舒翰，在西域策马纵横。他就把这种烈性果酒起名为“哥舒”，还专门请工艺美术设计师制作了一批叫“哥舒”的陶器酒瓶——一如坑坑洼洼斑驳古旧小陶罐，在边塞诗的风沙里湮没了千年。带着血性的烈酒就是边庭凛冽的夜色。可毕竟是在温润的桂林，这种烈酒没有几个人喝得惯，也只好遗忘在酒窖的角落里了。酿造这酒的人也由于酒吧经营不善关了张，现在也不知道流浪到哪里去了。

在院子里抿酒闲坐，仰头可以看见枝叶间密密麻麻缀着酸枣。酸枣树高，看样子要爬到树上摘酸枣可不是件容易的事情。我随手捡起草丛里掉落的酸枣。自然落地的酸枣已经熟透了，金黄色，剥开皮，乳白色的果肉挤到嘴里，酸甜可口。吃完果肉，手里是一颗大大的果核，摸上去很硬。拿餐纸擦干净，看到果核斑斑驳驳。数一数，有五个小孔。老板娘说，在他们乡下的山里，酸枣树多，也没有人去采摘，落到地上的酸枣果实都让野猪、野兔、野山羊吃了。这些野物吃酸枣真是囫囵吞枣，果核自然消化不了，便随着这些在山里狼奔豕突的野物播散开来，野生的酸枣树便多。酸枣果核的五个小孔在泥土里萌出芽，根茎在果核上生长。酸枣树的花有淡紫色、嫣红色，组成圆锥形的花序，不大，有点儿像花椒。酸枣果肉可以酿酒，也可以制作酸枣糕。酸枣核现在有人用来做手串，摩挲久了，会有玉石的质地。

我记得在一本关于蒙医的学术著作里，有关于南酸枣的记载。似乎南酸枣是一味重要的蒙药，而这味药却不产在内蒙古地区，而是产在南方，尤其是两广地区。在蒙藏医药里，南酸枣因而被称作广枣，主要用于治疗心悸心绞痛等疾病。在广西的民间医药里，南酸枣以鲜果消食滞，治疗食滞引起的腹胀腹痛。果核还具有清热解毒的功效，能够杀虫收敛，治疗烫伤，醒酒解毒，治疗风毒起疮或疡痛。

桂林靖江王府城墙根旁边，有十来株粗壮高大的酸枣树。由于靠近房屋，树叶扫到了住户宅子的屋顶，也由于这排酸枣树算不上“名木古树”，于是枝干多遭砍截。不知是人侵占了树的生存空间，还是树侵占了人的生存空间。

据说，这些树都长了上百年。

2015年8月21日

# 榆　树

我住在师大北院的时候，窗台上曾种过一棵榆树。

榆树生长在不到一尺深的石盆里。树高不过一尺，蓬蓬如盖，枝叶错落有致。树干大约有一握粗细，树枝小指头粗细，树叶细小而密集。整棵树看上去好像有谁把一棵生长在原野里的老榆树施了魔法，树干、树枝、树叶按照比例一下子缩小，移到了我的窗前。

这棵树已经有些年岁。树皮暗褐色，摸上去是粗粝的质感。开春时，突然会有一天，光秃秃的树枝上染上点点嫩芽，瞬间鹅黄嫩绿。这绿芽初萌时几乎像针尖大小，不仔细观察几乎看不见。过几天，树冠笼罩起似有似无的绿影。新绿如烟。仔细看，榆树的春芽已长成圆形。每天傍晚，我坐在窗里藤椅上看闲书，好像一天天守候着榆树，看树冠团团，腾起一片绿云。

早先在花木市场买来这盆榆树时，园艺师已经用心修剪出如云的造型，绿色浓淡深浅，枝丫疏密高低。这是一棵看上去颇有趣味的树。我读书倦了，看看榆树，想象乡村生活。村头溪口自然有这么一棵树。树静止在那里，但也是运动的。风过处，树冠飒飒轻摇。日头出来，树影随着日光移动。树叶深处可能会有一个鸟窝，几只小鸟在树枝间飞上飞下，叽叽喳喳，等着外出觅食的父母。而这只能是夜读之余的想象。我居住的楼下，院子里有一棵大紫荆树，紫红色的花朵一年四季都在肆意摇落，像散花的仙女。晨光里，总是落红满地。我不知道我窗前的这棵榆树能不能探身看见那棵张扬的紫荆树。不知道榆树和紫荆树如果能够对话，它们将会说些什么。

我没有修剪过榆树。窗前的榆树随性生长。夏天长得茂盛的时候，有几条树枝伸出了树冠，侧身探看窗外的模样。

随着树叶转青，夏夜的光影变得清浅。有一天，在月光里，我听见窗外传来唧唧的虫鸣。循声细听，却像是在窗台上。我找过去，虫鸣戛然而止。屋里又安静下来。可能是楼下院子里传来的虫鸣，我想。我继续喝已经冲淡了的茶。我静下来，虫鸣唧唧声又起来。窗外黑魆魆的。窗台上的扶桑花殷红的花一朵朵悄然飘落在微茫的灯光里。“唧唧唧唧”，虫鸣来自榆树的枝叶里，清脆，又有点儿迟疑，试探般地时不时发出几声，又小心翼翼地停下来。我拿起一支手电到窗台上，想看个究竟。浓密的树枝间似乎抖动了一下。昏黄的手电光里，一只小蛐蛐藏在里面。我用手去捉，蛐蛐倏然消失在枝叶深处，不见了踪迹。

第二天清晨，再找藏在榆树里的蛐蛐，却没有找到，好像夜里的那只蛐蛐和那几声蛐蛐清脆的鸣叫声只是在我梦境里。楼下攀缘而上的爬山虎的藤蔓缓缓爬上来。夏日的午后，风吹来，这面西晒的墙会泛起一道道绿色的波浪，一层层推过。到了夜晚，蛐蛐声又怯生生地鸣叫了几声。榆树浓密的树枝围成一个琴房，这只不知从何而来的鸣虫在里面弹唱。说来神奇，等我窗里的台灯关闭后，蛐蛐的叫声也低沉下来。有时可以听见蛐蛐在枝头弹跳的细微声响。

夏天榆树叶青绿油亮，叶脉细腻光滑。我每天只浇一小杯隔夜的残茶，淋湿一下石盆表层的泥土，榆树就长得郁郁葱葱。后来，我听搞园艺的老师傅讲，盆景最好每一两个月施点儿肥，每隔一两年换一下泥土，最好是腐殖土。我担心换土需要连根把榆树拔出来，不知道会不会影响榆树的生长。这样一担心，就把换土的事情耽搁下来了。但我也担心这点儿泥土时间长了没有办法供给榆树生长所需要的养分。于是，我每天把早晚餐的淘米水当浇树的水来浇。蛐蛐鸣叫的那段日子，我也把洗菜择下的菜叶丢一两片在石盆里。蛐蛐吃菜叶子。菜叶子边缘留下虫子啃咬过的痕迹，蛐蛐吃得并不多。我不知道白天它去哪里了，也许藏到爬山虎浓密的叶子下面了吧。

不知从哪一天开始，蛐蛐的叫声消失了。消失得很突然，就像那一天夜里突然响起一样。石盆里的菜叶也不见有虫子来啃，一天天变黄了，蔫了。秋天到了。我想象着蛐蛐跳不动了，随风飘落到楼下的荒地里，心里充满了忧伤。

冬天一到，榆树看上去好像黑铁铸成的，灰黑，树枝干成一束散开的铁线，叶子稀稀疏疏，整棵榆树成了一把干柴。有一年，我突然出差，忘记了交代邻居帮我给榆树浇水。回到家后，我发现石盆里的土都干透了，榆树叶子落尽。我随手折一条树枝，“噼啪”一声折断，火柴杆一样，没有一丝柔韧。我想，这榆树确实被干死了。想想，我又不甘心，每天早晚仍用一小杯淘米水浇在树根上。榆树下的泥土湿润起来，但榆树一直沉寂着，没有一点儿动静。榆树成了窗外映着天色的一幅铁线剪影。

开春后，窗外下了场春雨，把石盆里的泥土都淋湿了，干枯的榆树枝也被淋得湿漉漉的。没有想到的是，点点细碎的嫩绿雨后不久便出乎意料地绽满了枝头。榆树从岑寂中苏醒过来。

这年春天，榆树长得像一团绿云，长出了嫩得吹弹可破的榆荚。这微型的榆荚让我想起乡村田间地头、农家小院里高大的榆树，散发着田园的气息。石盆里的榆树，要是生长在辽阔的田野，也会是棵沐浴着风雨招展着身姿随性生长的大树。

好多年过去了。我搬了两次家，榆树盆景也不知道到哪里去了。

有一天，我独自一人在内蒙古草原行走。草原少有树木和庄稼，数百里草原上移动着云影，成群的蒙古马在水泽里回头张望。走近一个一望无际的大湖，我看见一片望不到头的金黄色在天地间摇摆，这是向日葵。走到向日葵的尽头，我看到一棵树。

我丢下背包，倒在树下乘凉，抱着一柄葵花籽盘一粒一粒抠着吃葵花籽，手指头沾满了向日葵的气味。草原上低垂的云挤挤挨挨，云影低垂到草原和湖水中，树影也荫蔽着疲惫不堪的我。身边飞虫跳跃，我倚靠在树下，如入梦境。

我起身继续行走。落日的光影中，我不经意间回头。

树侧身探看的模样，似曾相识。

这是棵榆树。

2015年8月28日

# 扶　桑

二十世纪八十年代初，我生活在那座西北的煤矿。矿工会办了一份报纸，名叫《扶桑报》。报头“扶桑”两个字写得有味，不知是谁写的。现在想来，大约是赵朴初行楷的风格。为什么叫“扶桑”？“扶桑”是海上的神树，太阳升起的地方，寓意煤矿。这份小报办了一段时间，矿工争相传阅。那时，诗歌散文小说在社会大众中间好像具有魔力，这份小报在煤矿工人及矿工家属中间广为流传——当时，很多煤矿工人和煤矿子弟是文学爱好者。

到了桂林才知道，扶桑不仅是传说中的海上神树，太阳升起的地方。在南方，扶桑是常见的花木。

搬到南院住后，我在菜市场的花木摊上买了几盆花。花盆是简朴的土色瓦盆，花还没有开，绿色的主干直立，枝叶散开。叶片有点儿像桂树的叶子，略大而薄。我不知道这是什么植物。卖花的老阿姨的话也没有听得太懂，只是听清楚她说，这花好养，花开得多。买回来后，就搁在书房窗外的花架上。书房朝阳，每天日光初生，柔和的光线先打在这几盆花上。我按照卖花老阿姨说的，每天早晚浇水，天热的时候，用喷壶把整株植物喷湿，绿莹莹的。读书写字久了，看看这几盆绿色，养眼。那时，窗外还没有那么多的高楼，能望到起伏的山影和山影上的流云。

过了些天，枝头萌生出花苞。

一天清晨，几朵殷红的花在枝头绽放，吐出黄灿灿的花蕊。红色的花瓣微微舒展，柔滑细腻，摇曳在窗前的绿影里，令人惊艳。天鹅绒般的花瓣质地，在清晨的柔光里形成一道道光弧。那种纯粹的红，如同煤炭的火烧到尽头，不管不顾的那种决然让人有“十分红处便成灰”的忐忑不安。雌蕊上点点花粉，将散未散。新生的娇艳欣欣然在晨风里招摇。

早饭后，我回到书房看书。两只蜜蜂在空中盘旋飞来，落在花蕊上。花蕊轻颤，花瓣悄然绽开，好像放慢了镜头。耐心看，能真切地看见花开的瞬间。忙于琐事，我没能凝神屏气看完花开的过程。临近午时，花瓣已经完全张开。微微的花香，有点含羞的气息在窗前流动。

午后是悠闲的时光。我在书房里泡一壶茶喝，听听音乐，读古龙的“楚留香系列”。古龙让楚留香独自一人躺在柚木甲板上，在海里漂流。楚留香和他的海、他的木船，书中炫目的阳光、湛蓝的大海、散发着柚木香的船，让人在血腥而犀利的文字里感受到生死的错愕。班德瑞的音乐，犹如鬼魅舞蹈的旋律与文字的曲折相和。而此时，正午阳光里开得饱满的嫣红花朵，随着光影的渐次暗淡，归于安闲，如同浴后的妇人。一壶茶喝淡的时候，远山显出一道青黑，天光收敛，我注意到枝头的花朵也渐次收起花瓣。

开得最艳的那朵，在傍晚的凉风里悄然离开枝头，飘落到楼下的草地上。我跑到楼下，去找这朵花。这朵花，落在桂花树下的草坪上。我轻轻地摸了摸柔嫩的花瓣，花瓣此时已是暗红。我的头上扑簌簌落了几朵花，又落到地上。我感到惊奇，这花难道朝开夕落！一朵花的花期比樱花还短促。邻居大爷看我在捡草地上的花，告诉我这是朱槿，也叫扶桑、佛槿，是岭南常见的园艺花木，还是南宁的市花。

扶桑！我看着满地落红，想起了西北煤矿那张叫“扶桑”的文艺小报。随手翻了《山海经》里对传说中的扶桑的记载：“汤谷上有扶桑，十日所浴，在黑齿北。”十日所浴，扶桑花的嫣红自然有其由来。《海内十洲记》中记载：“多生林木，叶如桑……树长者二千丈，大二千余围……”正是因为传说中是这样的巨树，李白才有“将欲倚剑天外，挂弓扶桑”（《代寿山答孟少府移文书》）这样类似“燕山雪花大如席”的豪迈诗句。当年的煤矿工人喜欢文学，能编辑出版《扶桑报》这样的文艺小报，可见那时文学在草根阶层中的影响。这几年，再回到煤矿，《扶桑报》早已经停刊。我时常想，是谁为这份煤矿内部出版的报纸起了“扶桑”这样一个名字，让粗粝凛冽的西北矿山有若许柔和的暖意？我记得我曾踏着积雪从学校走到矿山下的俱乐部，去取一份刚印出的《扶桑报》。

书房窗外的扶桑花每天都这样清晨开花，入夜落尽。即使当天没有落下，第二天清晨也会落下。而这样的花开花落，能持续三五个月，甚至十来个月，只在严寒时移到屋内才停止开花。我窗台花架上的花盆里泥土并不多，我每天也只是早晚浇水。这样天鹅绒般绝美的花就一直在枝头绽放，在空中轻舞飞扬。《本草纲目》里形容这种植物："枝柯柔弱，叶深绿，微涩如桑。"每到傍晚，老人就在我楼下的草地上扫落花，每天可以扫出一大捧。扫好了，老人用竹匾晾在背阴处阴干，阴干后用大号玻璃瓶收好。起初，我不知道他晒这花有什么用。后来才知道，扶桑花还是一味药，有清热利水、消肿解毒的功效。

西晋植物学家嵇含在《南方草木状》里对朱槿做了记载，寥寥数语，描述精确："朱槿花，茎叶皆如桑，叶光而厚，树高止四五尺，而枝叶婆娑。自二月开花，至中冬即歇。其花深红色，五出，大如蜀葵，有蕊一条，长于花叶，上缀金屑，日光所烁，疑若焰生。一丛之上，日开数百朵，朝开暮落。插枝即活。出高凉郡。"

"高凉郡"，即今广东南部高州地区。

2015年9月5日

# 读者说（后记）

一卷星辰

今天看你写的《漓江边》，才看了几篇，感觉特别亲切，有种特别熟悉的感觉和味道。

看你讲七星路，讲闲居桂林，发现原来我们都有共同关注到的、喜欢的、感受到的东西。

多年前刚来桂林，三里店傍晚的鸟声、老人免费的公交车、小巷里的爬山虎、玉兰花香、枫树大道的美也曾记诸笔下。

你写桂林这些细微故事，总让我想起一些似曾相识的往事，尤其是我度过童年的小城——天水。

我常说天水与桂林有很多相像之处，这也许是当初不选择南宁而留在桂林的一个自己也不知道的缘由。

他们都是曾经的历史文化名城，文化底蕴很深；都风景秀丽，山清水美；都是曾经的历史重镇，却不是当今的省会，这无形中又是一种幸运，让它们能保留许多原汁原味的东西，远离现代社会的叨扰。

读着你那些老桂林的风物，不知怎的，我总是会想起儿时我在天水居住的那个小巷。最早叫忠武巷，后来又改名叫周家巷。巷子不宽，除了一侧有几栋财政局家属院的楼房，巷子的另一侧几乎全是老屋子。

上几个缝里还夹着杂草和苔藓的天然石板堆砌成的不规则台阶，台阶上有两扇两边开的木板门，门里像四合院一样，几排平房。一到饭点，每个院子都炊烟袅袅，各种地道的土菜味就开始在巷子里弥漫，提醒我们这些贪玩孩子肚子该饿了。天暖的时候大家就喜欢在院子里吃饭，有些妇人端着碗，半倚着半开的门框，边吃边看巷子里的闲事，见到熟人就打个招呼，闲扯几句，聊聊碗里的食物。有时见到我们一些相熟的孩子还会招呼我们进家吃饭，我们总会厚着脸皮不客气地进院蹭饭，总觉得别人家的饭永远比自家的好吃。

春天下雨的时候，丁香花的幽香弥漫在巷子里，这个巷子就像戴望舒的《雨巷》一样寂寥、哀怨、惆怅。我还真的打过油纸伞，只是没有那么浪漫，伞没有晾干就收起来了，等要撑开的时候，伞上的漆都黏住了，用我细小的力气怎么都撑不开，只能懊恼地拎着伞在雨里跑起来。

无论走多远，我总是忘不掉这条巷子，它给了幼小的我太多太多，一回想起来，心里都是温暖和爱和最美最美的风景。我常常想，要是没有这条巷子，没有在这条巷子里成长的经历，我的人生该有多遗憾！

天水北山是我爷爷家，爷爷家是平房，有前后两个院子，院子里种满了苹果、梨、桃、李子和葡萄等各种果树，尤其是一种叫印度青苹果的果树长得极为高大繁茂（也许是在当时我的眼中吧）。夏天的午后，大人就把钢丝床搬到苹果树下，我们孙子辈就在床上蹦，蹦累了就在树下睡。傍晚，奶奶就让我们去捉果树上的金龟子。小时候最喜欢院子里的葡萄架，夏天很凉快，我们小朋友就在架子下和泥巴做饭过家家。

屋子门前有腊梅，印象中一到下雪它就开得艳，过年的时候全家人都回来了，总是会在门前的腊梅树下照张相，因此，现在留下的老照片里总是会有这颗腊梅树。

爷爷调回兰州，房子就先给大伯家住，我还是会经常去玩。大伯养了只狗，还搞了把猎枪，带着我和堂姐去后山打猎，印象中我们打到过一只野兔。

有年春天，大伯给我在北山种了棵小树，他说，以后你每年来看看它，它长你也长。我当时特兴奋，想着年年来看它，可是没过多久，父母也调回兰州了，天水几乎不再回去了。我在兰州又有了新的朋友和生活，把那棵树也忘了。之后，天水的家人都陆续离开，北山的房子院子也卖给他人。我有时会想起那棵树，我不知道它经历了风雨和社会的变迁，是否长得枝繁叶茂了，还是没能经得住这些倒下了，且朽进了北山的土壤里。即使它还在那里等我，我也找不到它了，即使相见亦不识了。但它仿佛就像风筝的线轴，不管我飞去哪里，总有那么一根细线仍悠悠地缠在它的树丫上……